文學館38

一個陌生女子的來信

褚威格中篇小說選

史蒂芬・褚威格——著
藍漢傑——譯

Brief einer Unbekannten

by Stefan Zweig

JAMEI CHEN 跨界系列
——歐洲小徑 European path,

photo by 郭英聲

褚威格中篇小說選

一個陌生女子的來信

Brief einer Unbekannten

目錄——

國際讚譽

《一個陌生女子的來信》是我生平閱讀的第一本翻譯小說，迄今仍深深記得當年它是如何撼動一顆青春又多感的心靈，由此看見了人世的殘酷與多情。褚威格的筆法精要簡潔，卻能揭露神祕深邃的人性，而非有一流的說故事功力，無以為之。無怪乎這是一本值得在任何年紀，一讀再讀的好小說，而且愈讀愈覺其溫柔與悲憫。——郝譽翔

以罕見的溫存和同情來描寫女人，……全篇充滿了純淨貞潔的抒情性，……讀來令人潸然落淚。——俄國文豪高爾基

他（褚威格）的文學榮譽直達地球上最後一個角落，……也許自伊拉斯謨以降，沒有一個作家像史蒂芬・褚威格這樣著名。——湯瑪斯・曼

褚威格與他崇敬的中篇小說大師——莫泊桑、屠格涅夫、契訶夫——齊名。他的文字平實，作品雅俗共賞；他以溫暖的筆觸，刻畫了世間男女的種種失意與不完美，動人心弦。——保羅・貝禮（**Paul Bailey**）《時代文學專刊》（*TLS*）

〈一個女人生命中的二十四小時〉篇幅不長，卻是描繪中年情迷之傑作。——茱莉・卡凡納格（**Julie Kavanagh**）經濟學人集團《智慧生活雜誌》（*Intelligent Life*）

褚威格堪稱是最才華洋溢的作者。——《紐約時報》

該如何讚美褚威格的作品？他向來喜歡以女性為主角，捕捉足以撼動上流社會的人性危機；其描述如此生動，令人印象深刻……——尼可拉斯・勒札（**Nicholas Lezard**）《衛報》

推薦序

親愛的褚威格

陳玉慧

第一次讀〈一個陌生女子的來信〉時是大一，那時對寫作感興趣，想探索書信體寫作的可能。我想你對年少的我有影響。

我愛讀小說，也讀過很多小說，大部分作品讀過就忘了，這一篇卻令我難忘。

後來我開始寫作，走在不一樣的路上。我雖在生命中看過幾個類似你筆下的女子，獻身感情，不求回報；但我都認為，那應是她們自虐的人格和情操吧，而這樣的愛情是大男子的心理投射和渴求吧。褚威格，我從故事裡看到你啊。

但你的小說故事性那麼明顯，使我不由也被二十世紀初維也納自由主義的氣息感染。那些年，我也讀你和那群小資朋友，如里爾克、史尼則勒、佛洛依德。我喜歡你寫的那一篇〈蠱〉，還有你許多短篇；我也讀你寫的傳記，像被送上斷頭臺的瑪麗・安東尼特，像英國皇后瑪麗或文學家巴爾札克。你寫歷史，你寫的是心理。

而沒有人比你更瞭解女人，沒有人可以像你那樣書寫女性，在讀過〈一個女人生命中的二十四小時〉，我更相信，這是你與眾不同之處。一個故事中的故事，儘管是那麼多年前寫成，我仍跟著那位貴婦人走在情感的冒險叢林，並且在清晨迷霧籠罩時，略感茫然和疑惑。但很少故事能令人放心走入，你卻讓我徹夜不眠，直問世間感情為何物？

褚威格，我想問你，你為何萬般仰慕湯瑪斯・曼呢？我覺得你的寫作比他的引人入勝得多。

我是這樣理解你的：出生在富商之家，從小不愁衣食，可以專心於藝術創作，總是在適當的時候做適當的事。就只有一件不幸，生為猶裔，作品被納粹火焚，為約翰·史特勞斯寫作的歌劇也被禁演，那史特勞斯是你最崇拜的人。你從此無家，到哪裡都是作客。你時而呼嗟，家已亡了，國亦將毀。

你雖是紈袴子弟，但對物質生活要求不多，你說「只要一小間公寓，幾根古巴雪茄和每天一次咖啡館」就夠了。你每天去貝多芬咖啡館，你在薩爾斯堡住了十五年，後來流亡倫敦及美洲，你搬到巴西里約附近，你寫信給朋友，「來到巴西，此生無憾」。但你只住了二年，便自殺了。自殺前，你還語氣平和地寫信，你每天陪你的小狗散步，你的狗才剛贏得選美大賽第二名。

你死前才在里約街頭參加嘉年華會，隔天，那是一九四二年二月，日軍占據了新加坡，歐洲已遠，斯人何堪？你說，「朋友，你們可能還在期待晨曦的來到，但我耐心盡失，得早一步走」。你是和你第二任妻子一起走的，你們服了大量鎮靜劑，走時還十指交握。

我是這樣繼續理解你的：從小和母親無法相處，需要母愛，追求陷溺的愛情。你從二〇年代起在維也納便聲譽如日中天，是全球最暢銷的作家，跟蹤你的書迷無數，以致於警察必須在你家門前設下拒馬。第一任妻子菲德烈克曾是一位來信的陌生女子，她也是你的書迷之一，後來變成你的情人。當時她已婚有子，你靜待多年，等到離婚，但從此陷入不自由的關係，整整十五年。

結婚的那些年，菲德烈克為你找到一位比你年輕二十七歲的女祕書。這位祕書也曾是一位陌生女子，她祕密地愛戀著你，甚至願意為你而死。你在多年後才驚動地發現真愛，你一直要求菲德烈克，「還我學生時代的自由吧」。菲德烈克只好含淚照辦。

你不但要求離異，你也被迫切斷了與祖國的關係。雙重的離異，或許過於沉重。你住在里約附近的佩托波利斯小城，公沙維斯街三十四號，你的墓碑也在那裡，灰舊的大理石上寫著拉丁語，附近有一條街以你為名。當年，你的耐心不夠，再三年多，世界大戰便結束了。希特勒也死了。

但你說，你的生命全然美好，只是這世界瀕臨毀滅，你活不下來。只可惜你錯了，我們也因此少了幾本你的美妙作品。

（本文作者為旅歐作家）

NAME AND ADDRESS

一個
陌生女子的
來信

CORRESPONDENCE HER

this is our lis
Bouling down s
look sweet tal
in the yard the
for you Mable
love + mer[illegible]

知名小說家R在山中健行三日、洗滌塵囂後，一大清早回到了維也納。在火車站買報紙時，他瞄了日期一眼，隨即意識到今天是自己的生日。一個念頭閃過：四十一歲了。這個發現既不悲也不喜，他草草翻閱報紙主要版面，翻得紙張沙沙作響，隨後搭上計程車回到住處。管家報告了在他離家期間曾有兩位訪客與幾通來電，並把一疊集中於托盤的郵件交給他。他漫不經心看著來信，拆了其中幾封，都是他對寄件人較感興趣的；他把一封分量頗厚且筆跡陌生的信先擱置一旁。茶已備好，他安然地窩進沙發，重新翻閱了報紙和幾件印刷品，最後點上雪茄，把剛才擱在一旁的信拿在手中。

那是一封約莫二十多頁的信，看來倒像手稿，女人的字跡，寫得相當倉促。他不由自主地捏一捏信封，看看裡頭還有沒有什麼附件，但信封裡是空的，信封與信紙都沒有寄件人地址，沒有署名。「怪了。」他想了想，再拿起那一疊信紙。信的最上方寫著一行字——給你，一個從未認出我的你。這起頭既像稱謂又像標題。他愣住了。是寫給他的？還是寫給一個想像中的對象？好奇油然而升，他讀起了那封信。

我的孩子昨天死了——三天三夜以來，為了救回這稚嫩溫柔的小生命，我和死神搏鬥著。他罹患流感，弱小的身軀發著高燒，燒了四十多小時。那段時間，我一直坐在他床邊，為他熱燙的額頭敷換冷毛巾，日以繼夜握著他發熱的小手。到了第三天晚上，我已心力交瘁，眼皮再也撐不住，不知不覺閉上了眼睛。我在破舊的椅子上睡了三、四個鐘頭，也就在那個時候，死神帶走了我的孩子。此時，他就在我眼前。我可憐的孩子，我寶貝的孩子，睡在窄小的兒童床裡，一切都和他死去的那一刻相同；只不過是有人闔上了他那深色的眼眸，闔上了那慧黠的眼睛，將他的小手交疊在潔白的襯衫上。床的四角立著四根白燭，火光搖曳而下。我不敢看他，不敢移動，因為搖曳的燭光映著他的臉龐和那抿著的嘴，明明滅滅之間，似乎還有表情，那會讓我以為他沒死，以為他還會醒來，還會聽見他清亮的聲音，聽到他對我說些窩心的童言童語。但我知道，他死了，我不能再看著他，不能心存希望，更不能一再失望。我知道，我知道，我的孩子昨天死了——如今，這個世界上，我只剩下了你，而你卻對我一無所知。或許遊戲人間的你，此時此刻正和一群人無憂無慮地玩物享樂，或是調情。我只剩下你了，從未認出過我的你，我一直深愛的你。

我點上第五根蠟燭，擺在面前的桌上，然後寫信給你。痛徹心扉卻無力哭喊的我，再也無法獨自一人留在死去的孩子身邊了。在這恐慌的時刻，除了你，我還有誰可以傾訴？過去，你曾經是我的一切，如今，你又是我的一切了！我不知道能否對你表達得夠清楚，或許你不懂我要說的——我的頭很沉重，太陽穴鼓動得嗡嗡作響，渾身疼痛難耐。我想，我是在發高燒，說不定也染上了挨家挨戶、伺機而入的流感。也好，如此一來，我就能和孩子一同離去，免得還需了斷自己。我的眼前不時發黑，可能無法把信寫完了。但我要用盡最後的力氣向你傾吐，一次也好，而且，也就這麼一次了，我所愛的你，一個從未真正認出我的你。

是你，我唯一願意說話的人；是你，我第一次願意全盤說出的人。你將瞭解我的一生，我的生命一直屬於你，而你對此卻一無所知。只是，當你瞭解我的祕密時，我應已死去，你也毋需回應。現在，我顫抖的身體忽冷忽熱，是到盡頭了。如果必須活下去，我會撕毀這封信，而且將永遠如過往般緘默。如果這封信到了你手中，那麼你該明白，這是一個已經死去的人對你訴說她的一生。從她意識啟蒙的最初，直到意識消散的最後一刻，這生命始終屬於你。這些話，你毋需害怕，一個已死的人是不會有所求的，不求愛，不求憐憫，不求安慰。我只求你一件事，請完全相信我對你吐露的隱情與悲痛。我只乞求：相信我說的，因為面對自己唯一的孩子的死亡，在這一刻，人是不會說謊的。

我要向你傾吐我的一生，這一生是從遇見你的那天才開始的。在這之前，我的生命不過是混沌與迷惘，猶如塵封的地窖，人事物都覆上了蛛網，心無所感，是日後回憶絕不再觸及的。你出現的那年，我十三歲，那時住的地方，你至今依然住在那裡，此時你就在那公寓裡，手裡拿著這封信——我生命最終的氣息。我曾與你住在同一層樓，確切地說，就住在你家對門。你必定不記得我們：一個會計員的遺孀，窮困的寡婦（她總是在哀悼），還有她那削瘦、尚未成年的女兒；我們過著死寂的生活，失落在小資產階級的匱乏裡。你可能沒聽過我們的名字，因為我們家不掛門牌，沒人來看我們，沒人上門。那是十五、六年前的事了，竟有這麼多年了！我的愛，你當然完全記不得了；而我，仍能激動地想起每一個細節，清清楚楚記得第一次從別人口中聽到的你，清清楚楚記得初次見到你的那一天、那一瞬間。啊！彷如昨日。在那一瞬間，天地為我綻開了，又怎麼可能在日後遺忘？我的愛，請容我追述一切的一切，容我從頭說起；我懇求你給我一些時間，讓我傾吐。請不要感到厭煩，我用整個生命愛你，卻從未對你感到厭煩。

你搬進那公寓之前，住在裡頭的那一家人並不受歡迎。他們態度惡劣，吵吵鬧鬧。像他們那樣的窮人，最痛恨的是我們這種不同流合汙的窮鄰居，因為我們不去沾染那種沒有社會地位的人會有的惡習。那男人是個會打老婆的酒鬼，我們常在夜裡被摔椅砸盤的噪音驚醒。有一次他把老婆打得流血，她披頭散髮衝到樓梯間，男人還跟在後面大吼大罵，直到鄰居紛紛開門出來，威脅要找警察為止。我母親一開始就避免和那家人來往，而且不准我和他們家的小孩說話。那些孩子一有機會就報復我，路上遇到時，會在我背後罵髒話。有一次他們還用堅硬的雪球砸我，把我的額頭砸出血來。鄰居不由得痛恨起他們。有一天，大家都鬆了一口氣，因為那家人出事了——我想，應該是那男人偷竊被捕入獄——所以全家帶著單薄的行李搬走了。公寓正門掛上出租招牌，才掛了幾天又拿掉，我們很快從門房那裡得知公寓租給了一位作家，單身，不惹是生非。那是我第一次聽到你的名字。

過了幾天，來了一些油漆、裝潢、水泥與裱糊的工人，經過他們的敲敲打打、補補修修、刷刷洗洗，那間公寓擺脫了原本藏汙納垢的慘狀。雖然施工噪音不斷，我母親倒不為所苦。她還說，以前對門那些亂七八糟的事總算結束了。搬家過程中，我沒見到你本人，倒是看到你的管家，一個矮小、白髮、嚴謹的人。他監督所有過程；畢竟是上流人士的管家，井然有序而舉止從容地指揮一切，我們都相當佩服。當然，這種郊區公寓裡出現如此體面的管家，對我們而言可是新鮮事。而且他不同於一般僕人，彬彬有禮地與每一個人應對，不卑不亢。從第一天起，他就如同尊敬貴婦般地問候我母親，甚至不把我看成小女孩。他總是表現得親切和善，進退分明。一旦他提到你的名字，語調特別崇敬，大家很快發覺他對你的尊敬超越一般僕人。啊！善良的老約翰，我是多麼喜歡他，雖然我嫉妒他能夠一直待在你的生活周遭，能夠隨侍在側。

我的愛，我對你說起這些近乎可笑的瑣事，為的是讓你明白，你的特質如何從一開始就懾服了一個內向怕生的小女孩。甚至在你還沒走進我生命之前，簇擁著你的，就已經猶如聖者的光環、富裕的光輝，是那麼奇異而神祕。住在這棟郊區小公寓裡的我們，所有人全都迫不及待等你搬來（生活狹隘的人們，對門前發生的新鮮事向來好奇）。因此，那個下午當我放學回家，看到門前運送家具的車子時，我再也壓抑不住好奇了！大部分的家具，尤其是特別重的都已搬進屋裡，我眼前是一件件較為輕巧的家飾。我待在門口，盯著那些從未見過的東西，它們如此與眾不同，讓人羨慕極了。幾件印度神像、義大利雕塑、色彩豐富的大型畫作，最後搬來的是書。那麼多、那麼美，簡直超乎我所能想像的。所有的書成堆疊在門前，管家用羽毛撣細心地為一本又一本書撣去灰塵。我在書堆之間流連，管家沒趕我走，也沒鼓勵我留下；雖然我很想摸一摸那些柔美的皮革書封，但一本也不敢碰。我能做的只是戰戰兢兢待在一旁看著書名；類別多樣的書籍之中，有法文的，有英文的，還有一些我無法分辨的語言。我想，我會盯著它們看上好幾個小時吧，但母親叫住了我。

整個晚上，我忍不住一直想著你，但我還沒見過你哪。至於我，有的不過是十來本用硬紙板裝訂的廉價書，全都破舊不堪；那幾本書是我的最愛，是我不斷一讀再讀的。當天晚上，我浮想聯翩，想著什麼樣的人能擁有那麼多不平凡的書而且讀過，還懂得那麼多語言，想必是個有錢又有學識的人吧！一想到那麼多書，我心中升起了無限敬意，勾勒著你會有如何的體態。你該是位上了年紀的先生，戴眼鏡，鬍鬚又白又長，像我們的地理老師，只是更親切、更帥氣、更溫和。不知為何，那時就已確定你會是帥氣的人，儘管誤以為你有了年紀。那天夜裡，還沒見過你的我，第一次夢見了你。

隔天你搬進來了，我想觀察你卻白費工夫，根本看不到你的臉，那使我更加好奇。到了第三天，終於見到你了，而且大感驚訝。你和我原本以為的人那麼不同，完全和老聖父的形象無關，我之前的想像太幼稚了。我夢見的你是個戴眼鏡的老先生，而當年見到的你，一如今天的你，流逝的歲月並未在你身上留下痕跡！那天你穿了一件迷人的淺褐色粗呢西裝，一步兩階地跑上樓，腳步如同小男孩般敏捷輕盈。你把帽子拿在手中，我因此能清楚注視你的臉，一張朝氣蓬勃而明亮的臉，一頭青春少年般的密髮。我愣住了，難以言喻的驚訝。我望著你，竟是那麼年輕漂亮，那麼修長而且靈敏優雅。我在那一刻清楚感覺到，你有某種獨一的特質，大家也和我一樣，從你身上感受到了這種特質：你體內有兩個人，既是活潑開朗、玩世不恭、勇於冒險的熱血少年，也是在藝術領域中一板一眼、忠誠負責、學識淵博而深具涵養的人。我無意間感覺到你的特質，所有認識你的人都有同感：你過著雙重生活，面對外人時，你的生命是開闊而陽光的，面對自己時，你活在陰影裡，而且只有你自己清楚這一面。這深沉的分裂是你這個人的祕密，而那為你著迷的十三歲女孩，第一眼就發現了這祕密。

我的愛，此時你或許已經瞭解，對於像我這樣一個小女孩，你可以是那麼不凡，是那麼誘惑人的謎。你是個令人景仰的對象，因為你寫過許多書，因為茫茫人海中，你是個知名人物。而我卻突然發現你不過是個二十五歲的年輕人，正值青春，朝氣蓬勃。我不得不對你說，從那一天起，在孩子貧乏的世界裡，除了你，再也沒有任何事能引起我的興趣，那個十三歲的小女孩，從此心無旁騖地只剩一個堅定的信念——遊走在你生活周遭，與你貼近！我觀察你，觀察你的日常習慣，觀察到你家作客的人。但那不僅無法減低我的好奇，反而為之加重，因為那些類型迥異的訪客，真實反映了你的雙重性格。來訪的有與你年齡相仿的年輕人，一群不修邊幅的學生，你和他們有說有笑，痛快盡興。有時是坐轎車而來的貴婦，甚至有一次，歌劇院的大人物也來了，他是樂團指揮，我曾遠遠望著面對譜架的他，由衷感到敬畏。還有一些仍在念商校的小女生，扭扭捏捏溜進你家大門。總之很多女人，很多。甚至某天早上我正要上學時，看見從你家走出一位女士，整張臉蒙著面紗。但那對我沒什麼特別意義，我那時不過十三歲，還是個孩子，只是出於好奇而興沖沖地窺看你，監視你，卻不知那樣的好奇已經是愛了。

然而，我的愛，我依然記得對你萌生情意的那一瞬間。那一天，我和同學散步回家，正在大門口聊天。一輛轎車駛來，車才停好，你就性急地跳下車，那縱身一躍的身影至今依然令我著迷。你走向大門，一種不知名的力量促動我走過去為你開門。我們差一點相撞，你看著我，帶著溫柔的眼神，彷彿一抹柔情攏向了我。你對我笑了笑，我找不出其他的詞來形容那笑意，只能用含情脈脈了。好吧，含情脈脈。你以輕柔而近乎親密的聲音對我說：「非常謝謝你，小姐。」

就那樣，沒別的了，親愛的，可是從那一瞬間起，從感受到那柔情的眼神開始，我便屬於你了。後來我才明白，你那既能擁抱人又能穿透人心的目光，你那含情脈脈而令人心池盪漾的眼神，其實是一個天生情聖的稟賦。你以那樣的目光看待每一個與你交會的女人，看著賣東西給你的女店員，看著為你開門的女服務生。你的目光並非出於刻意，並非愛慕，而是因為你情不自禁想要善待女人，因此以溫柔的目光擁抱她們。只是，對僅僅十三歲、懵懂無知的小女孩而言，我以為那樣的目光只針對我，只對我一人，於是情動如火。那一瞬間，足以使一個少女變成一個女人，一個永遠屬於你的女人。

「那是誰啊？」同學問我，但我沒能立刻回答。要開口說出你的名字實在太難，你的名字在那獨特的瞬間變得神聖，成了我的祕密。「喔，那位先生，就住在這棟公寓裡。」我結結巴巴，回答得笨拙。「那麼他看你的時候，你幹嘛臉紅啊？」同學戲謔地問，語氣是包打聽的小女生會有的毫不留情。但由於她的嘲弄正中下懷，我滿臉通紅，惱羞成怒，突然大罵粗話：「蠢貨！」我真想當場掐死她，她卻幸災樂禍，笑得更大聲。我發現氣急敗壞的淚水湧上了眼眶，於是衝上樓，留下她一個人站在那裡。

我愛上你了，從那一瞬間開始。我知道常有寵你的女人對你說出這種話。可是，相信我，沒有人像我這樣愛你，愛得那麼卑微，那麼低聲下氣，全然的犧牲，全然的奉獻，而且從未改變。這樣的愛來自一個身在暗處的小女孩，是不見天日的，是無與倫比的。這樣的愛不抱希望，這樣的愛委曲求全、潛心守候。這樣濃烈卻壓抑的愛，並不等同於成年女子的愛，她們因為需要而愛，也因為愛而索求更多。唯有孤獨的孩子懂得凝聚情感，緊緊守住，其他的人則把情感揮霍於社交，消磨在親密關係裡。關於愛情，他們聽得太多，讀過太多，也知道那是共有的命運。他們把玩愛情，如同玩具。他們誇耀愛情，如同小男生誇耀嘗試的第一根菸。而我，沒有人可以聽我傾訴，沒有人可以教導我、警告我；我毫無經驗，茫然無知，於是獨自潛入自己的命運，彷彿跳進了深淵。我內在的成長與綻放都只因為你，我夢見你，信任你。我的父親早已過世，母親終日抑鬱，只能靠退休金過活，是個消沉度日的寡婦，和我並不親密。學校裡的女孩有一半已經墮落，令我反感，因為她們輕浮玩弄的，正是我視為至高無上的愛情。和我同齡的女孩會把滿溢的情感分散，而我卻將之凝結，只投射於你。在我心中——該怎麼形容呢？任何的比喻都太薄弱——你就是一切，是我整個生命。凡事萬物，唯有與你相關才存在，而我的存在，唯有與你連結才具意義。我的生命全因你而蛻變。在學校原本平庸散漫的我，突然成為班上第一名。我知道你愛書，所以閱讀大量書籍，往往讀到深更半夜。我知道你喜歡音樂，所以開始練琴，勤奮得近乎偏執，母親為此大感驚訝。我親手洗衣補衣，只為了出現在你眼前的我，看來清爽悅目。我穿的那件舊校服（是用母親的家居服改的），裙子左邊有塊補丁，我痛恨極了，要是不巧讓你注意到，你會瞧不起我的。因此我總是用書包遮住補丁，怕你看到，渾身發抖地跑上樓。只是，我多傻啊，你幾乎，幾乎沒再看過我一眼！

我其實整天什麼事也沒做，只等著你，窺看你。我家大門有個圓形的黃銅門眼，可以從中看到你家門前的狀況——我的愛，別笑我，今天，即使到了今天，我仍然不會因為那段日子的偷窺而羞愧——那個小圓孔是我探索外面世界的眼睛。月復一月，年復一年，我就坐在那圓孔前，坐在那冰冷的前廳，整個下午都在偷窺你，手裡還拿著書，免得母親起疑。我整個人如琴弦般緊繃，彷彿一旦你出現便能觸動它，奏出琴音。我總是牽掛著你，總是專注地等待，而且纖細敏感。只是，你對此難以察覺，如同你口袋裡上緊發條的懷錶，耐心地在幽黯裡伴隨你的腳步，隱隱跳動得如同一顆心，而千千萬萬個警醒的滴答聲中，你卻只有那麼一次匆匆看了它一眼。我知道你的一切，瞭解你的每一個習慣，認得你的每一條領帶、每一套西裝。我清楚且能立刻分辨出你的訪客，並將他們分成兩類：喜歡的，反感的。從十三歲到十六歲，我沒有一刻不是為你而活。喔，我做了多少傻事哪！親吻你碰過門把，撿起你在進門前丟棄的菸蒂，它們是神聖的，因為你的唇曾在上頭輕觸過。多少個夜晚，我用各種藉口下樓走到街上，為了看看你家哪個房間還亮著燈，因而能更實在地感覺到你的存在——那看不見的存在。當你要出外旅行好幾個星期時——每次好心的老約翰提著你那黃色的行李袋下樓，我便恐慌得幾乎停止心跳。我的生活在那幾個星期變得死寂，失去了意義。我情緒低落，百無聊賴，心浮氣躁地走來走去，還得提防母親，免得她注意到我哭紅的眼睛，以及我的絕望。

我知道，對你說的這些都是可笑的癡迷，都是過於天真的傻事。我是應該感到羞愧的，但不，我並不羞愧，因為我對你的愛，正由於出於孩子的天真而更純粹、更熱烈。我可以說上好幾個鐘頭，說上好幾天，訴說我曾如何與你，與幾乎不認得我的臉的你一起生活過。每次在樓梯間遇到你又躲不掉時，我怕見到你那灼人的目光，總是低頭跑過你面前，像怕遭火焚燒的人衝向水一般。我可以說上好幾個鐘頭，說上好幾天，訴說那些你早已遺忘的歲月，為你攤開整個生活日誌。但我不願你感到無聊，感到困擾，我要的只是再對你傾訴一件童年美好的事；請別取笑我，因為那件事雖小，對還是個孩子的我而言，卻是巨大無邊。那應該是個星期天，你旅行去了，善良的老管家正要把剛拍打乾淨的厚重地毯拖進門，那扇開著的門讓我鼓起勇氣走去問他是否可以幫忙。他很驚訝，卻任由我動手。就那樣，我見到了——我只能心懷敬畏而虔誠地描述——公寓裡是你的天地。擺在書桌上的藍水晶花瓶裡插著幾朵花，那是你坐下來書寫的地方，還有你的櫥櫃，你的畫，你的書。我看見了你的生活，縱然只是匆匆一瞥，因為忠心的老管家約翰必定禁止我走近細看，然而那一瞥，足以使我吸吮全部的氛圍，足以供給我養分，讓我夢見你，綿長得不分夢醒夢寐。

那一瞥轉眼即逝，卻是我童年最幸福的時刻。我說起那件事，是為了讓從沒認出我的你，能夠開始瞭解一個牽繫於你直到消逝的生命。我提到了最幸福的時刻，也要說起另一個可怕的時刻，不幸的是，它們的發生竟如此接近。我曾說過，由於你的緣故，我忘了一切，忽略了我的母親，更對他人漠不關心。我沒注意到有位來自茵斯布魯克的生意人，他是母親的遠親，有點年紀，不時來探望她，而且停留的時間很長。他常常帶母親去劇院，這倒是讓我開心不已，我因此能獨自一人想著你，窺看你。那獨處的時光使我宛如身在天堂，感到無與倫比的幸福。可是，母親有一天把我叫進她房裡，神情莊重，語調嚴肅地說要和我談一談。我頓時臉色蒼白，心跳加劇。她該不會料到了什麼？覺察到了什麼？我第一個念頭就是想到你——一個將我與世界連結的祕密。但母親卻兀自害羞了起來，溫柔地親了我，那是她從來不會有的動作。她親了我一、兩下，把我拉向身旁的沙發，然後一臉羞容、猶疑不定地開口說話。她說，那位遠親是個鰥夫，已向她求婚，她主要是為了我著想，所以接受了。我的心充血如焚，只剩下一個念頭——你。「至少，我們還會留在這裡吧？」我只能結結巴巴地問。「不會了，我們要搬去茵斯布魯克，費迪南在那裡有棟漂亮的別墅。」

我眼前一片漆黑，接下來的話再也聽不見。後來，我聽到母親對等在門後的繼父低聲說話，我雙手向後一攤，像鉛塊般突然就倒下了。事後我才知道自己當時昏了過去。我無法告訴你，接下來那幾天，一個無能為力的小女孩如何對抗大人強勢的意志。一想到這件事，我握筆寫信的手仍會顫抖。當時，我無法洩漏真正的祕密，我的抵抗在別人眼中反而是倔強叛逆、桀驁不馴。他們不再對我多說什麼，一切背地而行。他們利用我上學的時候搬運，每次我回到家，總會發現家裡有東西被搬走或賣掉。我眼看著那個家，看著我的心，一同化為荒涼。有一天，我回家午餐，搬運工人來包裹家具，並全部運走；空蕩蕩的屋裡只擺了幾件打包好的行李，還有兩張為母親和我準備的行軍床。我們還得再睡一晚，是最後一夜了，到了天亮時，便是前往茵斯布魯克的旅途。

最後一天，我深刻體會到，如果不能待在你身邊，我是活不下去的。除了你，我不知道還能向誰求救。那時母親外出，我的思緒混亂，還不清楚是否能在絕望中理出清晰的想法，就猛然起身往你家走去，連身上那件有補丁的校服也沒換。不，我不是走過去的，而是一股強大的磁力把我推到你家門前的。我雙腿僵直，關節哆嗦。如同之前說的，我當時並不清楚真正要的是什麼，只想倒在你腳下，求你收留我當女僕、當奴隸。我恐怕你會笑我，笑一個十五歲女孩的突發奇想是如此天真盲目。可是，我的愛，如果你知道這一切，應該不會取笑我的。我那時站在冰冷的走道，嚇得僵直，卻又被超乎想像的力量推向前，然後伸出顫抖的手臂，那掙扎的幾秒鐘恍若永恆。我用指尖按下了你家門鈴——那刺耳的鈴聲至今仍在我耳中迴盪——接著是一片靜默。我心跳停止，血液凝結，只能聽著是否有你走來的動靜。

但你沒來。沒有人來。那個下午你必定外出了，約翰也出門辦事去了。我腳步踉蹌，要命的鈴聲在耳中轟隆作響。我走回已經搬空而顯得荒涼的家，筋疲力竭地癱在旅行毯上，不過四步的路程，卻令我疲憊得猶如在深雪裡跋涉了數小時。我全身飽受虛脫煎熬，信念依舊堅定：我要在他們將我帶離之前見到你，我要和你說話。我發誓，那想法裡不含任何一絲情欲；我不過是個懵懂的小女孩，只想見到你，再見你一次，緊緊抱住你。於是，那一整夜，親愛的，在那漫長而可怕的夜裡，我等著你。母親才剛上床入睡，我就溜到前廳，留意是否有你回家的聲音。嚴寒的一月天，我等了一整夜。屋裡不再有椅子，我感到睏倦，四肢疼痛地平躺在冰冷的地板上。寒風從門縫襲來，身上的衣服單薄，又硬又凍的地板使身體發疼。但我不拿毛毯，不要取暖，我怕溫暖會讓我睡著，會讓我錯過你的腳步聲。那過程真是難熬。我緊壓著雙腳，緊得抽搐，緊得雙臂顫抖；我必須不斷起身，而那殘酷的幽黯是如此冷冽。但我等著你，等著你，一如等待我的命運。

終於——凌晨兩、三點吧——我聽到樓下公寓入口傳來開門聲，聽到上樓的腳步聲。寒冷頓時褪去，體內充滿暖意。我輕輕開了門，我要奔向你，倒在你跟前……啊！真不知道那個傻孩子還會做出什麼事！腳步聲近了，燭光搖曳而上。我發抖地抓著門把。走來的人會是你嗎？

是的，我的愛，是你——但並非獨自一人。我聽見細瑣的調笑聲，綢衣磨蹭的窸窣聲和你的說話聲——你帶了一位女士回家……

那一夜是怎麼活下來的，我已經不知道了。隔天早上八點鐘，他們把我帶向茵斯布魯克，我再也無力反抗。

我的孩子在昨天夜裡死了；要是我真的必須活下來，此後又會是孤單一人了。幾個粗魯古怪、一身黑衣的男人會在明天來到這裡，他們帶著壽棺來，為我這可憐的兒子，我僅有的孩子入殮。或許還有幾個朋友也會過來，帶著花環，但壽棺上有花又能如何？朋友會安慰我，慰問慰問，但有了那些慰問又能如何？我知道自己必須重回孤獨的生活了。人群中的孤獨。沒有比這更令人難受的。住在茵斯布魯克的那段日子，我已經體會到了這一點。從十六歲到十八歲，我在那漫長的兩年活得像俘虜，是個與家人共同生活卻失去歸屬的人。繼父是一位非常慈祥而且寡言的紳士，對我很好。我的母親似乎為了補償無意間造成的委屈，總是順我的意，要什麼有什麼。我周圍的年輕人對我獻殷勤，但我毅然決然推託。遠離了你，我不願過得幸福愜意，而把自己埋進陰鬱孤僻的世界。他們買了華麗的新衣服給我，我不肯穿上。我拒絕去音樂會與劇院，拒絕參加歡樂的團體郊遊。我難得出門上街，你相信嗎？我在那小城住了兩年，認得的路不到十條。我在服喪，也要求自己服喪，因為沒有你而帶來的缺憾，使我耽溺於自己製造的痛苦中，不願讓社交生活渙散了對你的癡情。我只為你而活。我獨自坐在家中，坐了一個又一個小時，坐了一天又一天，什麼事也不做地只想你；我召回一個又一個記憶，想著與你每一次的相遇、我每一次的等待，過去的每一段插曲重新在眼前上演，猶如劇場。記憶中的童年之所以依舊鮮活溫熱，正因為我無數次召喚往昔，喚回過去的分分秒秒。

那些年的每一刻都深藏心中，直到今天依然如昨日般生動，溫熱了我的血液。

我曾經只為了你一個人而活，買下你全部的著作，只要報紙登出你名字，那一天就是我慶祝的日子。你相信嗎？我一讀再讀你的書，背得出每一個句子。午夜夢迴時，若有人喚醒我，在我面前唸出自你書中節錄的一行文字，即使到了今天，十三年後的今天，我依然能恍如置身夢中地接續下去；因為你寫下的每一句話，都是我的福音、我的禱詞。只有與你連結的世界才真正存在。我瀏覽維也納報上音樂會和首演會的消息，只為了想像哪些會是你感興趣的，而等到演出當晚，我就能遠遠陪伴你：他現在進場了，他現在入座了。我夢過這樣的景象千次萬次，只因為曾在音樂會見過你一次，僅僅一次。

我又何必對你說起這些呢？何必說起一個落寞的孩子，為了對抗自己而激起那樣癡狂、悲慘而沒有指望的幻想？何必對你——一個對這些事毫不知情、無從預料的人——說起這些呢？那時的我難道還真只是個孩子？我當時已經十七、八歲了，路上的年輕人開始回頭看我，但他們那麼做只會惹我生氣，因為愛上別人而不是你，即使是好玩地這麼想，這樣的怪念頭也已經超乎我的理解。對我來說，連引誘本身都已經是犯罪了。我對你依然保有同樣的激情，只是隨著身體的變化與感官的覺醒，我的激情蛻變得更熾熱、更肉體，也更女性。曾經按下你家門鈴的那個女孩，在懵懂無知中升起的朦朧意志，最後化成唯一的信念——把自己交給你，獻給你。

周遭的人認為我靦腆，說我膽怯，但我內心凝聚著一股鋼鐵般的意志，而且絕不鬆口說出自己的祕密。我的所思所想，所追所求，只有一個方向：回到維也納，回到你身邊。我實現了這個外人看來沒有意義且難以理解的願望。我的繼父生活優渥，視我如己出，但我態度強硬，堅持自己賺錢養活自己。最後終於借住親戚家，在一家大型服裝店當職員，因而能重回維也納。

終於哪！終於！秋日向晚的薄霧中，我回到了維也納。還需要對你說我第一個要去的地方嗎？我把行李留在火車站之後，急忙跳上街車。車開得如此之慢，每停靠一次便激怒我一次。我奔向那棟公寓前，你的窗口亮著燈，我的心口猛跳。唯有到了那一刻，這城市原本對我不具意義而生疏的熙來攘往才有了生命。唯有到了那一刻，能感覺與你靠近——你，我永遠的夢——我才得以復活。我毫不懷疑，你我隔著山巒溪壑的距離也好，對你的想望並不遙遠；你我隔著纖薄透光的玻璃也罷，我熾烈仰望的目光並無不同。我仰望啊仰望，那是燈火，那是公寓，那是你，那是我的世界。兩年來，我夢想的正是那一刻，而那一刻終究到來。我佇立著。薄雲遮空而溫柔的夜裡，我久久站在你窗前，直到燈滅。最後才去尋找我的住處。

從此之後，我每晚站在你家門前。店裡的工作到六點鐘，雖然繁重吃力，我卻喜歡那份工作，沒有時間靜下來，也就幾乎不會感到內心的苦痛。等到背後的鐵捲門一拉下，我便直奔心愛的地方。唯一的渴望是再一次見到你，再一次與你相遇，我要遠遠地、遠遠地用目光親吻你的臉。大約一星期後，就在我抬頭望著你的窗口幾乎不抱希望時，你突然穿越馬路向我走來。我瞬間變回了那個十三歲的小女孩，感到一股熱血湧上雙頰。儘管感受你的目光是我深切的渴望，我卻不由自主低下了頭，遭人追捕似地從你面前匆匆跑開。那種女學生似的逃避使我羞愧，因為當時我的意志是那麼明確：我要見到你，我要找到你，經過多年的盼望後，我要你認出我，我要自己被你注意，被你所愛。

只是，很長一段時間，你並沒有留意到我。我夜夜佇立探望，即使維也納大雪紛飛，寒風襲人，我依然佇立。有時白等了一個又一個小時，有時等到你出門了卻有熟人為伴，還有兩次看到你身邊有女人。見到一個素昧平生的女人安穩地挽著你離去時，我抽痛的心、撕裂的靈魂，使我明白自己已經是個成年人了，對你的情感有了嶄新而非同以往的質地。童年時，我早已知道你不斷有女性訪客，從不覺得意外。然而那一次，霎時感到了痛，肉體的痛和體內的洶湧。眼睜睜看著另一個身體與你親密，我對那身體升起了敵意，也升起了化成那身體的渴望。我那時有著幼稚的驕傲——或許至今依然——因此刻意一整天不去你家門前，但暗自挑釁報復的那一整晚過得多麼空虛可怕。第二天傍晚，我又低聲下氣守在你家門前了。等待啊等待，我以整個命運去等待，你的人生對著我門扉緊掩，而我就佇立在那門前。

終於在某個晚上，你注意到我了。我早已遠遠看你走來，於是凝聚意志，不再躲你。很巧，一輛正在卸貨的車擋住了路，路變窄了，你不得不與我擦身而過。你漫不經心看了我一眼，與我專注的眼神相遇。那一瞬間，啊！驚動了我的回憶。你的目光轉成向來看待女人的似水柔情，既能擁抱人又能穿透人心。它曾喚醒過我，在第一次時就已經讓一個女孩蛻變成女人，蛻變成戀人。我們的眼神交會了一、兩秒，我的目光無法也不願與你的分開——看著你走過我面前。我的心跳猛烈，情不自禁放慢腳步，好奇驅使我回頭，於是看見停下腳步的你正目送我離去。你端詳著我，從你那好奇而頗感興趣的樣子，我明白了，你沒認出我。

你沒認出我，當時沒有，後來沒有，你從未認出過我。那瞬間的幻滅，我的愛，我還能怎麼形容！那是我第一次承受沒被你認出的命運，這命運跟了我一輩子，直到與我同歸於盡。沒被你認出來，從沒被你認出來，這種幻滅，我還能如何形容！想想看，在茵斯布魯克的那兩年，我無時無刻想著你，什麼事也不做，只期盼著回到維也納，夢想著我們初次重逢的景象。那景象隨著我的心情時而悲傷至極，時而幸福滿溢，每一種景象都在夢裡經歷過了。心情低落時，我想像你會推開我，鄙視我，因為我太渺小，醜得惹人嫌，想像著你可能會有的冷漠忽視或毫不在乎。種種可能，無一不在我的幻想裡激盪過，即使心情最低沉、覺得自己一無是處的時候，也沒想過會有如此難以承受的景象——你根本沒注意過我的存在。今天，我明白了。（唉，是你教會了我！）一張女孩的臉，一張女人的臉，在男人眼中必定變化多端，猶如鏡中映出的面容，時而熱情，時而稚氣，時而倦厭。臉的捉摸不定不過是鏡面上的浮光掠影，而年齡勾勒著女人容顏的光影，服飾則猶如鏡框，更替出一種又一種的模樣，於是男人輕易就遺忘了女人的臉（歷練過的女人必然深諳其道）。但我那時還是個少女，還無法理解你對我的健忘。而我當時對你又是那麼的專情，那麼的癡迷，以致於產生了錯覺，以為你必定也經常想到我，等著我。只是，如果確定了自己在你心裡連一個位置也沒有，你腦中從未掠過一絲對我的記憶，我又怎麼活得下去！那一晚，我在你的眼神中覺醒了，你根本不認得我，你的生活與我的生活之間的任何一絲牽繫，都在你記憶裡蕩然無存。我跌入了現實，第一次對自己的命運有了預感。

那一次，你沒認出我。兩天之後，我們再次相遇，你以一種遇見舊識的目光擁抱我。只是你認出的我，仍舊不是那個愛著你、心靈被你喚醒的小女孩，而是兩天前在同一地點與你擦身而過、年輕貌美的十八歲女子。你親切地看著我，嘴角揚起驚喜的笑意。你再度經過我身邊時，立刻放慢腳步。我顫抖了起來，無聲的狂喜，我祈禱你能開口對我說話。我感到在你面前的我，第一次成了活生生的人；我也放慢腳步，等著你跟上。突然，毋需轉身，我便能覺察到你在我背後，我知道你會對我說話，用我心愛的聲音對我說話。我等著，全身癱瘓，不得不因此停住腳步，心跳是那麼的劇烈。你來到我身旁，你對我說話，熟稔而愉悅的口吻，彷彿我們是多年老友。啊！你竟對我毫無似曾相識的感覺，一點都沒有！你說話的方式是那麼輕鬆自在，使得我居然也能回應。我們一同在街上漫步，沿路聊天。然後你問我願不願意一起晚餐。我哪有勇氣拒絕？

我們去一家小餐廳共進晚餐，你還記得那地方嗎？不會的，你不會記得的，你必定無法從這類晚餐中區分出那一次的晚餐。更何況，我又是誰？我只不過是你數百個女人中的一個，是你接連不斷的豔遇之一而已。我又能為你留下什麼記憶？我很少說話，因為有你在身邊，能聽你說話已是幸福至極。我不願發問，不願說出任何蠢話打斷你一分一秒。對於那一個小時，我心存感謝，永不遺忘。那一個小時的你，完全回應了我衷心景仰的你，細心周到，舉止得體，絕不逾矩，絕不急於纏綿，從一開始就流露老友般的善意，足以讓人放心。就算我並非早已自願完全奉獻給你，你也會在那時贏得我的心。啊！你不會知道的，你那一晚的表現毫不令我失望，在我天真地盼望了五年之後！

時間已晚，我們走出餐廳，在門口時，你問我是否急著回家，是否還有時間。我怎能對你隱瞞，我早已為你準備好了自己！我說，我還有時間，於是你語氣稍有猶豫地問我，是否還有意願抽空到你家聊聊。「好啊！」我不多加思索，理所當然地脫口而出，隨即發現你因為我答應得快而顯得意外。我分不出那是尷尬還是高興，反正，你確實感到詫異。我如今懂了那個詫異；我後來才知道，女人通常藉此裝出驚嚇或惱怒的樣子，雖然心裡早有熱情獻身的準備，也得先讓男人一再請求哄騙、發誓承諾之後，才可以卸下矜持。我知道，大概只有專業的交際花或妓女才會滿心歡喜答應這種要求，要不就是十分單純的未成年少女。而我，由衷自發的意願——你又怎能料想得到——是凝聚一千多個日子的盼望之後，剎那之間的迸裂，化成了脫口而出的話。總之，你感到詫異，也開始對我感興趣。我們邊走邊聊的同時，我感覺得出你從側面觀察我，帶著某種驚訝。對於人的心理感受，你的覺察力猶如魔法般準確，你當場覺察到那個美麗而依順的年輕女子其實並不尋常，內心藏著祕密。你的好奇心甦醒了，從你巧妙而迂迴的發問方式，我留意到你試圖刺探那個祕密。但我避重就輕，寧可裝瘋賣傻也不願洩漏我的祕密。

我們走上了正門前的階梯。若不說出我對那道門廊、那些階梯的感受，原諒我，我的愛，你是不會明白的；它們令我百感交集，那是何等的陶醉，何等的迷亂，是一種猖狂、暈眩而幾乎致死的幸福。如今回想起來，我依然忍不住想掉淚，但我沒有更多的淚水了。想想看，那裡的景物無一不被我的深情浸透，無一不是我童年的標記和盼望。那扇門，我曾在那裡一次又一次地等你；那臺階，我曾在那裡暗自偷聽你的腳步聲，也在那裡初次遇見你；那小圓孔，我曾透過它探索外面的世界，探索內在的靈魂；那門前的地墊，我曾跪在那裡偷聽，只要開鎖聲一響便立刻跳開崗位。整個童年，所有的盼望，全都棲息在那方寸的空間裡，那裡存有我完整的生命。終於，一切都在眼前了，一切排山倒海而來。我，與你偕行，與你偕行，走進了你的公寓，走進了我們的公寓。請想一想，走到你家門口之前的世界都是日常的、乏味的、現實的——我的話必定聽來無趣，卻不知還能怎麼說才好——到了那扇門前，開啟的將是兒童的奇幻境界，阿拉丁的王國。請想一想，那曾是我雙眼熾熱所凝望千次萬次的門，而我就要走進去了，我感到暈眩迷醉。我的愛！你或許可以想像得到——卻無法完全體會——進門的那一剎那，為我的一生帶來多大的意義。

我在你那裡過了一夜。你必定沒想到，在你之前沒有男人碰過我，沒有任何男人摸過或見過我的身體。但你又怎麼會想得到呢！親愛的你，因為我毫不抗拒，我壓抑著羞澀的猶豫，免得你猜出我的祕密——對你的愛。這祕密必會驚擾你，因為你要活得自在輕鬆，無牽無掛，優哉游哉。你害怕介入別人的命運。你要自由地品味人世，揮灑自己，但不要任何的犧牲。親愛的，若我現在告訴你，我委身於你時仍是處女，求你別誤解我的用意！我不怪你，你並沒有誘拐我，欺負我，矇騙我；是我，是我自己急急切切奔向你，撲進了你的懷抱，撲進了我的命運。不，不會的，我不會怪你，我只會永遠感謝你，因為那一夜的纏綿是何等的豐饒，何等的閃耀，當我在黑夜中醒來，感覺你就在身邊時，我以為自己飄上了雲端，驚訝著星星怎麼沒在我的身體上閃爍。不，親愛的，我絕不後悔，絕不為了那段時光後悔。我還記得在你沉睡時，聽著你的呼吸，摸著你的身體，感覺自己離你好近好近，幸福得在暗夜裡哭了。

隔天一大清早，我急著離去。我得趕去店裡，而且也想趁你的管家出現之前離開，最好別讓他看見我。當我站在你面前穿衣時，你將我擁進懷中，久久凝視著我；難道是你內心深處湧上了遙遠而模糊的記憶？或者只是因為我當時煥發著幸福而美麗的光芒？你吻了我的唇，不久之後，我輕輕掙脫，想要離開。你於是問我：「不想帶幾朵花走嗎？」我點頭說好。你走向書桌上那只藍水晶花瓶（小時候偷瞄一眼之後，就不曾忘記），抽出了四朵白玫瑰給我。連著好幾天，我一直親吻著那幾朵玫瑰。

離開之前，我們已約好某個晚上的會面。我依約而來，仍是美好的一夜。你又給了我第三個夜晚，然後你說你必須遠行。啊！我從小就痛恨你出門旅行！你對我承諾，一回來就通知我。我給了你一個郵政信箱地址，因為我不想說出我的名字，我要緊守我的祕密。告別時，你再次給了我幾朵玫瑰——告別的玫瑰。

我天天去郵局，連續兩個月，天天去問……。算了，何必對你說那些期待與失望，那些錐心之痛與煎熬？我不怪你。我愛你，我愛的就是這樣的你，熱情而健忘，多情而不忠。你過去如此，現在亦然，而我愛你，就這樣地愛著你。從你窗口亮著的燈，我知道你回來許多天了，但你沒給我隻字片語。我不曾擁有過你寫給我的隻字片語，即使到了生命最後一刻，我依舊沒有你——我交付全部生命的人——的隻字片語。等待啊等待，一個女人傷心欲絕的等待。但你沒給我消息，沒給我隻字片語……沒有，一個字都沒有。

我的孩子昨天死了——他也是你的孩子。親愛的，他也是你的孩子，因為那三個夜晚。我發誓，被死亡籠罩的人是不會說謊的，他是我們的孩子；我發誓，委身於你之後，直到孩子分娩，沒有任何男人碰過我的身體。

我的身體因你的親近而神聖，我怎能把身體交給你後又交給其他男人？你是我的一切，其他男人不過在我生活中擦身而過。我的愛，他是我們的孩子，這孩子來自我專注明確的愛戀，來自你無所顧慮、風流瀟灑的纏綿，是在你近乎毫不知情中給予的孩子，我們的兒子，我們唯一的孩子。此刻的你或許大為吃驚，或許只是略感詫異。我的愛，你必定想問，為何我瞞了這麼久，瞞了這麼多年，直到今天，他已在黑暗中入睡，一直睡著，即將在明天離去，永遠一去不回了才告訴你這件事？但我又怎麼能說得清楚？你怎麼會相信一個不帶矜持、不多猶豫，甚至主動投懷送抱與你共度三個夜晚的無名女子？你永遠不會相信這個女人的，不會相信她竟會對風流多情的你如此堅貞不渝；你永遠會小心提防，永遠不會承認這孩子是你的！即使你隱約覺得我的話可信，但你心中永遠存疑，懷疑我和別人生的孩子卻要歸給有錢的你，要你成為父親。你的猜疑會是你我之間的陰霾，那不是我要的。更何況，我懂你，深深地瞭解你，你要的愛是不憂不懼、無所牽絆，甚至是逢場作戲的。而在驟然之間身為人父，必須為一個生命、一個命運負起責任，你必定會痛苦萬分。唯有自由的空氣，你才能呼吸，而我，只會使你感到牽絆。你恐怕會對我……是的，我很清楚，你恐怕會因為遭束縛而不由自主地嫌棄我……你眼中的我會變得可憎可恨，即使並非出於刻意，即使不過是幾個小時或幾分鐘的嫌惡。但我基於某種驕傲，要你這輩子每次想起我時，一點陰霾都沒有。所以我寧願承擔一切，不願成為你的負擔。我要自己成為你眾多的女人之中，唯一一個當你想起時是帶著愛意、帶著感激的。但在現實裡，你從未想過我，你根本不記得我！

我不怪你，我的愛，不，我從不怪你。若我的字裡行間溢出一滴苦澀的筆墨……也請原諒我！我的孩子，我們的孩子，睡著了，在閃爍不定的燭光中睡著了。我對著天主緊握拳頭，喊祂是凶手。我意識昏亂，不知所措，語無倫次。請原諒我的這些怨言，原諒我吧！我清楚知道你有顆善良而慷慨的心，你幫助每一個人，即使是素昧平生。只是，你的善心並不尋常！它對每一個人開放，無論是誰，人人可取，並且滿載而歸。可是，原諒我，你的善心是消極的，有人對你伸手乞討時，你才給予；有人對你呼救哀求時，你才伸出援手。你助人，是出於尷尬，出於脆弱，而非樂意。請容我坦言，你的愛不會主動給予那些身陷痛苦、需要援助的人，而是給了那些與你享福的兄弟。像你這樣的男人很多，他們即使心地善良也令人難以開口求援。還是小女孩的我，有一天透過門上的小圓孔，窺看你施捨來扣門按鈴的乞丐。他還沒開口，你就給了錢，甚至給得太多。你的神色不安，有著某種焦躁，似乎希望他盡速離開，似乎在逃避他的眼神。我永遠忘不了，你當時怕人回頭道謝的那種慌張不安，這也是為什麼我從不去求你。當然，我知道即使你不確定孩子是你的，還是會安撫我，給我錢，一大筆的錢。但你其實是按捺住煩躁，私下卻想擺脫令人不快的東西。我甚至相信，你會說服我趁早拿掉孩子，那正是我最恐懼的。沒錯，一旦你提出要求，無論是什麼，我都會去做，我無法拒絕你！但這孩子是我的一切，他來自於你。他是你，卻又不是你，不是那個幸福快樂、逍遙自在的你，不是那個我無法抓住的你，而是永遠屬於我、關在我的身體裡、與我生命緊緊相繫的你。我終於抓住你了，我可以感覺到你在我的脈動裡有了生命與成長。然後，我可以哺育你、教養你；當我靈魂充滿熾熱的渴望時，我可以愛撫你、親吻你。親愛的，所以你明白了，自從我知道懷了你的孩子之後，為什麼會那麼快樂，為什麼會對你隱瞞了，因為你再也不能離我而去。

然而，接下來幾個月並不如我想像的充滿喜悅，最後更是充滿了驚慌與磨難，讓我對行為卑劣的人痛惡不已。我的日子過得並不容易。分娩前的幾個月，我擔心引起親戚注意並轉告我的父母，因此不再到店裡工作。我不願向母親要錢，所以變賣了一些首飾度日，直到臨盆前一週，洗衣婦偷走我櫃子裡僅剩的幾枚金幣，我不得不去了那家產科救濟醫院。那裡收留無家可歸、一貧如洗、遭人遺忘的婦女。就在那樣淒慘潦倒的地方，這孩子，你的孩子，來到了人世。那醫院是個要人命的地方，匪夷所思啊匪夷所思！我們如同屍體橫陳，孤苦哀怨；我們望著陌生的彼此，甚至怒目相視，只因為我們全都遭窮苦逼進了腐朽的病房。那裡瀰漫著痲醉劑與血腥味，處處有人哀號呻吟。我承受了窮人必定遭遇的卑劣處境，以及精神與肉體的侮辱。我和娼妓、女病患共處一室，我們有著共同的命運，遭受年輕醫生下流的欺負。他們以奚落的笑容，假藉醫學之名，掀起蓋在女人身上的被單，撫摸著我們這些無力防衛的婦女，袖手旁觀的竟是那些勢利貪婪的女看護。喔！在那種地方，羞恥心只能被他們的目光釘上十字架，被他們的言語鞭笞。在那種地方，你一無所有，有的只是一塊寫上名字的木牌，躺在床上的只是一塊抽搐掙扎的肉，任人好奇地觸摸。你不過是任人觀察研究的東西。啊！那些由丈夫悉心陪伴、在家臨盆的女人，是不會懂得無人照護，獨自一人在實驗桌般的檯子上生產的悽楚！直到今天，每當我在書中讀到「地獄」兩個字時，儘管不堪回首，我仍立刻想到那充斥惡臭與血腥味、堆擠的女人發出呻吟、笑聲、哭聲的病房。那是個令我飽受煎熬、使我的羞恥心受盡凌虐的屠宰場。

請原諒我，原諒我說起那些事！然而，也就這麼一次了，我以後不會再對你多說，也不能了。過去十一年，我隻字未提，行將就木的我就要進入永恆的沉寂。我是該宣洩的，至少有過這麼一次。這孩子是我以多大的代價才獲得的至寶，此時卻躺在那裡，失去了聲息。那麼多年以來，在孩子稚嫩的嗓音、我的幸福和我們的笑聲之中，從前的苦難早已完全被遺忘。現在，他死了，從前的苦難卻復活了，我必需宣洩吶喊，釋放我的心靈，一次也好，就這麼一次。但我不怪你，我只怪天主，只怪天主製造出這些無謂的苦難。我不怪你，我發誓，我從未對你有任何怨懟。即使身體因臨盆而扭曲蜷縮，即使含羞帶辱地承受那些實習醫師的侵犯，即使分娩之痛撕裂我的靈魂，但我從不對天主控訴你，從不後悔共度的夜晚，從不因為愛你等你而怪你。我自始至終愛著你，對遇見你的那一刻心存感激。如果我必須再經歷一次地獄，甚至預先知道會有什麼樣的苦難等著我，啊，我的愛！我願意再經歷一次，再經歷百次千次！

我們的孩子昨天死了。你從不認識他。從未，你從未看過他一眼，即使偶然擦身而過的機會也沒有。這孩子的氣質靈秀，是你的骨肉。孩子出生後，我一直避著你，不讓你看見。我對你的渴望變得不再那麼痛苦，我想，自從有了孩子，有了這個禮物之後，我對你的愛不再那麼濃烈，至少不那麼痛苦了。我不願自己在你和他之間一分為二，我不再為你奉獻，因為沒有我，你照舊活得愜意。但這孩子需要我，是我必須養育的，是我可以抱在懷裡親吻的。我似乎因此擺脫了對你的魂不守舍，擺脫了厄運，似乎藉由這孩子——另一個你，真正屬於我的你——而得到救贖。唯有在非常非常難得的癡迷時，我才卑微地走到你的公寓前。我只做一件事：每年在你生日當天送花過去——白玫瑰，如同你在我們的初夜之後給我的。過去十年、十一年中，你難道從未問過送花的人是誰？你難道從未想過，曾經在某一天，自己把一模一樣的白玫瑰送給了誰？我無從得知，也永遠得不到你的答案了。能悄悄送花給你，能讓白玫瑰為記憶我們共度的時光而一年綻放一次，我心願已足。

你從未見過他，我們可憐的孩子。我如今自責沒讓你見他，因為只要你看他一眼，就會愛上他的。這可憐的孩子，你從不認識他，從未看過他的笑容，看到他悠悠地睜開眼睛，亮出深色的眼眸，那慧黠的眼睛——你的眼睛！——對著我、對著全世界露出明朗喜悅的光芒。啊！他曾是那麼快樂，那麼迷人；他身上有著你性格中的安逸自在，有著你生動活潑的想像力。他可以對某件東西著魔似地玩上好幾個小時，如同你遊戲人生，接著又眉頭深鎖，正襟危坐地看書。他愈來愈像你，甚至性格發展也開始明顯一如你那獨特的雙重個性，有時嚴肅沉穩，有時頑皮活潑。他愈像你，我愈愛他。他學得很快，用法文聊天時就像隻小喜鵲。他的作業簿是全班最整潔的，一如他的衣著是全班最整齊好看的。當他穿上黑色的絲絨服或白色的水手服，看來是那麼的優雅；無論走到哪裡，他總是最顯眼的。當我帶著他走在格拉多海灘時，婦女們總會停下腳步，摸摸他那又長又密的金髮；當他在謝莫林坐雪橇時，人們總會回頭欣賞他。他是那麼的漂亮、精緻、引人注目。他去年進了德蕾莎寄宿中學。他穿上制服、配起短劍的模樣，就像十八世紀宮廷裡接受騎士禮儀訓練的小貴族。現在，他什麼都沒了。我可憐的孩子，只剩單薄的衣服，躺在那裡，嘴唇蒼白，雙手交疊一如十字架。

或許你要問我，怎麼有能力供給他奢華的環境？怎麼有能力供給他上流的生活，讓他過得燦爛而無憂？我會告訴你的，我的愛，就讓黑暗中的我不顧廉恥地向你坦白吧，但請別害怕——我賣了自己。我不是那種所謂的阻街女或娼妓，但我賣了自己。我交了幾個經濟優渥的朋友，有錢的情人，起初是我找他們，後來是他們找上我，因為我長得非常好看——你可曾注意到？我委身的每一個男人都對我鍾情。他們珍惜我，在意我，愛我。只有你，喔！我深愛的你，只有你並非如此！

我坦白說出賣了自己，你會因此鄙視我嗎？不會的，我知道，你不會鄙視我的。我知道你瞭解一切，並且願意瞭解我這麼做全是為了你，也為了另一個你——你的孩子。在救濟醫院的病房中，我體會到了貧窮的可怕，我知道窮人在這世界上永遠是受害者，遭人踐踏。我絕不願意你的孩子，你那聰慧漂亮的孩子，與街上的粗人為伍，在晦暗的角落裡腐敗，在不見天日的社會底層裡長大成人。我絕不願意，即使必須不計代價。他那稚嫩的雙唇不該說出粗話，他那白淨的身體不該穿上窮人發霉的皺衣。你的孩子應該享有一切，享有世上一切的舒適與寬裕，他應該向你看齊，晉身到你的生活領域。

為了這個理由，親愛的，只為了這個理由，我賣了自己。我認為那不是犧牲，因為人們口中的名譽或恥辱，在我眼中已經不實際了；我的身體只屬於你，而你不愛我，那麼這個身體也就可有可無，我無所謂了。男人對我的愛撫，甚至最深刻的激情也碰觸不到我的心。儘管他們之中有我相當尊敬的人，當我面對得不到愛情回報的他們時，往往想到自己的命運而深感同情。與我來往的男人，每一個都是好人，他們順從我、尊重我，尤其是一位上了年紀的伯爵。他是鰥夫，為了讓德蕾莎中學接受一個父不詳的孩子——你的兒子，四處奔走關說。他像愛女兒一般地愛我，曾向我求過三、四次婚。今天的我，原本可以成為伯爵夫人，會是一個住在提洛爾區仙境般的城堡裡、生活無後顧之憂的女主人。孩子會有一位慈祥的父親疼愛他，我身旁則會有一個溫柔體貼、高貴傑出的丈夫。儘管他多次求婚的態度篤定堅決，儘管我的一再婉拒會重創他的心，但我終究沒有答應。或許吧，那麼做是瘋了，否則我現在可以高枕無憂地帶著孩子，我親愛的兒子，隱居在某處。只是，我又有什麼不能向你坦白呢？我其實不願受到約束，我要時時刻刻為你保有自由之身。在內心深處，在最深沉的意識裡，我兒時的舊夢依然鮮活。也許，也許你會再召喚我一次，讓我來到你身邊，僅僅一個小時也好。為了那可能的一個小時，我拒絕了所有男人，我要為你的第一聲召喚做好準備。當我受到啟蒙、脫離童年的那一刻起，我的生命無非就是等待，等待。等待你的一聲召喚。

那一刻真的來了，可是你不知道，我的愛，你沒有任何似曾相識的感覺。即使那一刻到來了，你還是沒認出我。你從未、從未、從未認出過我！在那之前，我不時在劇院、音樂會、普拉特公園或街上遇過你，每一次都令我的心一陣抽痛，可是你的眼神從我面前掃過，沒有停駐。我的外表完全變成了另一個人，不再是羞怯怕生的女孩，而是一個美麗大方的女人——如同他們所說的——我身穿昂貴的服飾，由傾慕的男人包圍。你如何猜想得到，曾在你臥室燈火朦朧中的那個人，那個羞澀的少女就是我！有時與我同行的男士之中有人向你致意問好，你道謝的同時抬眼望向我。

你的眼神客套而生疏，流露讚美之意，卻從未表示你認出了我，反而是生疏，可怕的生疏。你沒認出我，我幾乎已經習慣了，但有一次還是折磨著我。記得那晚我與一個朋友坐在歌劇院的包廂裡，而你就在隔壁包廂。序曲一起，場燈全暗，我再也看不清你的臉，卻感覺到你的呼吸離我那麼近，如同那一夜的纏綿。隔在包廂之間的護欄覆著天鵝絨，你的手，那細緻優美的手，就擺在天鵝絨上。剎那間，無盡的渴望湧向我，要把我推向那已然不熟悉卻心愛不已的手，要我謙卑地俯身親吻它，而它，曾溫柔地纏繞著我的身體。樂音繚繞，動人心弦，我的渴望愈來愈熾烈，我必須奮力抑制自己，怕自己站起來，隨著那誘人的力量將我的唇引向心愛的手。第一幕結束後，我請求朋友一同離去。我無法忍受你的在場，與我如此靠近卻又如此生疏，在如夜的幽光裡。

那時刻到了，再一次到了，是我蹉跎了一生中的最後一次。那是你去年生日的隔天，至今幾乎整整一年了。奇怪的是，你生日那天，我時時刻刻想著你，你的生日就是我慶祝的節日。一如往年，我大清早就出門買花派人送去給你，一束白玫瑰，為了紀念那美好的時刻，紀念你不復記憶的時刻。到了下午，我帶著孩子乘車出遊，先去德梅爾糕餅店，傍晚時帶他上劇院，我期望他從小也能以某種方式感受這個神祕的節日，縱然他不知道其中的意義。隔天，我和那段時期交往的男友一同去了音樂會，他來自布爾諾，是個年輕富有的製造廠廠主。我那時和他已同居兩年，他疼愛我，仰慕我。如同那些男人，他也想娶我，儘管他一再送禮物給我和孩子，儘管他是個討人喜歡的老實人，有點魯鈍，順從得像個僕人，但我同樣拒絕了他，沒有說明理由。我們在音樂會中遇見幾個玩樂的朋友，之後眾人一同去了環城大道的餐廳晚餐。笑談之間，我提議去塔巴林夜總會。我向來對這類矯揉做作、貪杯牛飲、高聲笑鬧的「徹夜狂歡」場所是敬謝不敏的。可是那一次，某種深不可測的魔力突然驅使我不自覺地做出提議，並立刻引起大家的興致，紛紛附和。我心中那股無法解釋的渴望是如此強烈，似乎某個特別的東西在那地方等著我。習慣迎合我的朋友們迅速起身，我們到了那裡，一起喝著香檳。那真是痛快，是我從未有過的感受，痛快得幾近痛苦。我喝著香檳，一杯又一杯，跟著大家唱起一些不入流的歌，我幾乎按捺不住渴望，想要縱情舞蹈或高聲歡呼。但在霎時之間，彷彿某種火熱或冰冷的東西突然落在我心頭，我猛然一驚——你和幾個朋友坐在鄰桌，正以一種又欣賞又渴望的眼神望著我。那目光總是令我感動得心池盪漾。十年來的第一次，你的目光再度落在我身上，帶著不自覺卻出於本性的威力與激情。我渾身顫抖，手中的酒杯幾乎滑落。幸好同桌的友人並未留意到我的心慌意亂，笑鬧與音樂的喧囂淹沒了我的慌張。

你的目光愈來愈熾烈，我彷彿置身火窟。我不知道是你終於、終於認出我了，還是把我視為一個尚未獵獲的新歡，就像素昧平生的人？我頓時雙頰泛紅，心不在焉地回應同桌友人的話。而你，必定注意到我因你的注視顯得魂不守舍。你在不引人察覺的情況下略略點頭示意，希望我能去前廳，接著刻意誇大付帳的動作並與你的朋友道別。當你往場外走時，再次向我暗示你會在外面等我。我全身哆嗦，像打冷顫又像發高燒。我再也無法回應同桌友人的問題，再也無法控制體內亂竄的血液。一對黑人情侶恰巧在那時跳起新穎而古怪的舞步，他們踢踏著腳跟，發出尖銳的叫聲，引起全場的矚目。我趁機站起來，對男友說我出去一下，馬上回來，卻跟著你走了。

前廳裡，你站在衣物寄放處前等我。一見到我出來，你的眼睛立刻神采奕奕。你微笑地快步迎向我，我很快看出你並沒有認出我，沒認出我是那個小女孩或那個少女。你再次對我伸出手，伸向一個新認識的女人，伸向一個來路不明的女子。你親切地問：「您是否願意找一天，也能給我一個小時呢？」從你篤定的聲調中，我感覺到你把我當成夜裡可以買到的女人。「好啊！」我說，脫口而出的好啊是那麼的理所當然，是那麼的悸動，正如十年前那個少女在昏黃街燈中給你的答案。「什麼時候能見面？」你問我。我說：「悉聽尊便！」我在你面前沒有矜持。你看著我，表情略帶詫異，交雜著疑惑與好奇，就像從前你對我毫不猶豫答應時一樣。你稍為遲疑地問我：「現在有空嗎？」「有，」我說：「我們走吧！」

一念之間，我想要到衣物存放處領回我的大衣。

念頭卻突然一轉，我想起票根在男友那裡，我們是一起存放衣物的。回頭找他拿票根而沒有明確的理由，看來不可行；能和你共處，即使只有一個小時，卻是我多年的盼望，要我放棄更是不可能。於是我一秒鐘也不猶豫，只把披肩圍在晚禮服上，往溼霧漫漫的黑夜走去。我不顧我的大衣，不顧我的男友了。那個男人心地善良，有情有義，養我多年，而我，我竟然當著他朋友的面拋棄了他，讓他難堪！荒唐哪，他多年的情婦，只因為某個不知名的男人看了她一眼，就一走了之。啊！我的意識清楚，內心明白，我對一個誠懇的人做出了卑鄙無恥、忘恩負義的行為。我感到自己的行徑是如此瘋狂荒謬，無可挽回地把致命傷加諸一個老實人身上。我明白自己的生活已經被撕成兩半，為了情誼也好，為了生存也罷，竟然都敵不過想要再一次吻你的唇的迫不及待，敵不過再一次聽你對我溫存說話的聲音。我是那樣地愛著你；一切都過去了，都結束了，我如今可以說出口了。我相信，即使我躺在死神的床上，只要你一聲呼喚，我依舊可以奮力起身，與你偕行。

門前停了一輛轎車，我們驅車前往你的住處。我又聽到了你說話的嗓音，感覺到溫柔的你與我那麼貼近，再度陶醉得一如往昔，天真爛漫而意亂情迷。我又一次步上那臺階，十年來的第一次，心情是那麼激動，每一個腳步都讓我……。不，不，說不清楚的，我說不清楚往日種種與當時當刻重疊交融的感受，但無論是往日或當下，一切的一切只為了你。你的房間沒什麼改變，多了幾幅畫，多了一些書，多了幾件之前沒見過的家具，但它們都親切地迎向我。書桌上的花瓶裡插著幾朵玫瑰——我的玫瑰，是我前一天請人送來的，為了你的生日，為了紀念一個你不記得的女人。而那女人正在你面前，與你手牽著手，唇對著唇，一個你沒認出的女人。然而，我卻是開心的，因為看到你照顧我送的花，那終究是我存在的氣息，吐納著愛情的芬芳，圍繞著你。

你將我擁進懷裡。我在你那裡又過了美好的一夜。只是，儘管我衣衫褪盡，你還是沒認出我。我歡愉地沉溺在你嫻熟而溫柔的愛撫，明白了你的激情在情人和買來的女人之間並無分別。你徹底釋放情欲，既輕巧又放浪，一如你的本性。你非常體貼而細膩地對待我這個從夜總會帶回的女人，讓我重溫了往日的幸福。你是那麼優雅有教養，同時又能縱情縱欲地享受女人。我在你的情欲中再度感受到那獨有的雙重特質，既智慧又狂放，既精神又肉欲，而這個特質早已使當年那個小女孩屈從於你，聽命於你。我從未見過男人能如此深刻地爆發本性，光芒四射，盡情盡興，卻又隨即消融在遺忘裡。那遺忘如此深不見底，幾乎不近人情。但我也忘了自己。黑夜中躺在你身邊的人是誰？是那從前內心熾熱如火的小女孩？是你孩子的母親？是一個無名女子？啊！如此熟悉的身分，我已經活過，在那一夜的激情中，卻又萌發新生的悸動。我暗自祈禱，不願夜盡天明。

然而，黎明還是來了。我們起得晚，你邀我共進早餐。低調而沒有現身的管家，已在飯廳裡備好餐點。我們喝茶閒聊。再一次，你率直而親切地和我說話。再一次，你沒有冒昧的問問題，沒表示對我個人的好奇。你不問我的名字、住在哪裡。再一次，我不過是你的一回豔遇，一個沒有名字的女人，那熱情的時刻，終將在遺忘的煙雲中消散得不留痕跡。然後你告訴我你將出門遠行，到北非兩、三個月。我從幸福中驚醒，一陣冷顫，耳際轟隆地迴盪著：算了，算了，忘了吧！卻又想跪在你腳下大喊：帶我走，讓我和你一起走，你終究會認出我來的，會的會的，在經過了這麼多年以後……。但我在你面前是那麼畏縮懦弱，那麼卑屈。我只說了一句話：「真遺憾！」你笑了笑，看著我問：「你真的會為這種事傷心？」

就在那瞬間，一股怒火湧上。我猛然站起來，盯著你的眼睛，久久，久久，然後說：「我愛的男人，他也常常出門遠行。」我看著你，直視你的眼眸深處。「現在，現在，他就要認出我來了。」我對自己低語，內心激盪。但你只是對我微笑，安慰地說：「總是會回來的。」「會的，」我說：「會回來的，只是忘了舊人。」

我的語氣中必定帶有某種怪異，某種激動。因為你也站了起來，詫異地看著我，然後善解人意地摟著我的肩說：「凡是美好的，都不會被遺忘，我不會忘記你的。」你的目光滲透了我，彷彿要擷取我過去容貌的印記。我感到你的目光在尋找、游移、汲取。我那時真的相信，令人眼盲的魔法終於要卸除了。終於，你終於要認出我了，我整個靈魂為之震動。

但你沒認出我。沒有，你沒認出我。那一刻如同過去的每一刻，我終究只是個陌生人。否則你不會過了幾分鐘之後再一次吻我，吻得那麼激狂，我不得不因此去梳理凌亂的頭髮。而當我站在鏡前時，看到了——我又羞又慌，幾乎昏過去——鏡中的你在我背後，動作低調地正要把幾張大鈔塞進我的暖手籠。我當時竟然可以那麼堅強，沒尖叫出聲，沒甩你一個耳光。我，一個從小愛上你的人，你兒子的母親，你卻以過夜費回報我。你眼中的我，不過是個塔巴林夜總會的野雞，沒別的了。你回報我了，是的，你回報了！被你忘了還不夠，還要被你羞辱。

我匆忙收拾東西。我要離開，盡速離開。我傷透了心。我伸手去拿書桌上的女帽，一旁是那只花瓶，插著白玫瑰，我的玫瑰。內心湧起強烈而無法抗拒的念頭，我要再試一試，試圖喚醒你的記憶：「你有這些白玫瑰，難道不想挑一朵給我嗎？」「樂意之至！」你說，立刻抽出了一朵。「不過，這些花恐怕是某個女人送你的吧，說不定是個愛你的女人？」我問。「也許吧，」你回答：「是別人送的，但我不知道送花的人是誰，所以才這麼喜歡這些花。」我看著你：「也許送花的人，是一個你已經忘記的女人。」

你詫異地瞪大眼睛。我直視你的目光，我的眼神在吶喊：認出我吧！認出我吧！但你沒懂我的眼神，你的目光轉為友善的笑意。你又一次吻了我，你終究沒認出我。

我快步往大門走去，因為我不願讓你看到湧上眼眶的淚水。我走得太急，幾乎在前廳撞上你的管家約翰。他慌張地趕緊避到一旁，倉促地為我開門，好讓我出去。就在那一瞬之間，你明白嗎？就在我強忍淚水，迎面望向老管家的瞬間，他也抬頭看我，眼睛突然一亮。就在那一瞬間，你明白嗎？一瞬之間，已經年邁的管家認出我了，而你的老管家卻是在我童年之後就沒再見過我。我好想雙膝一跪，親吻他的手，感謝他還認得我！我從暖手籠拉出你折磨我的鈔票，匆匆塞進他手裡。他不知所措地看著我，慌張地哆嗦著，只需那麼一瞬間，他對我的瞭解或許勝過你用上一輩子。所有的男人都疼惜我，所有的男人都善待我；而你，你，只有你不記得我。你，只有你，只有你從未認出我。

我的孩子死了，我們的孩子……如今這世上再也沒有我愛的人了，除了你。然而，你是我的什麼人？你從未、從未認出過我；你從我身邊經過，就像路過一灘水。你從我身上踏過，就像踩到小石塊。你一直向前走，不停地走，永遠把我留在無盡的等待裡。我一度以為抓住了你，從孩子身上抓住了你，抓住了一再溜走、飄忽不定的你。他終究是你的孩子，和你一樣，狠心地在黑夜中離我而去，踏上了他的旅程。他忘了我，永遠不會回來了。我又是一個人了，比過去任何時候都更加孤單；我一無所有，沒有了，什麼都沒有了，沒有孩子，沒有隻字片語，沒有一個字，沒有任何可以追憶的東西。若有人在你面前提到我的名字，那名字對你也沒有任何意義。既然我不曾在你心中活過，我又何必不樂於死去？既然你離開了我，我又何必不走得遠遠的，永離人世？不，我的愛，讓我再說一次，我不怪你，我不願把我的悲痛拋進你安適愜意的屋裡。別害怕，我不會糾纏你太久，我要說的不多了。請原諒我，就這麼一次了，我必須在這個時刻從靈魂深處吶喊出來，因為這孩子躺在那裡，棄絕人世了。我必須對你傾訴一次，就這麼一次，然後我會回到沉寂的黑暗裡，永遠緘默，如同一直在你身邊的我。可是，只要我還活著，我的吶喊是不會讓你聽見的，唯有在我死去後，你才會收到這封遺書。它來自一個愛你勝過一切的女人，沒有人像她這樣愛你，而你卻從未認出這個人。它來自一個為你等待的女人，而你卻從未呼喚過這個人的名字。也許，也許你會呼喚我，而我將第一次不能效忠你，我將無法在長眠中聽見你。我沒為你留下任何相片、任何印記，如同你什麼也沒留給我。你永遠不會認出我，永遠。我生前的命運如此，死後亦然。在這最後的一刻，我不願呼喚你來。我走了，沒讓你知道我的名字、我的面貌。我死得沒有負擔，因為遠處的你不會覺察到。如果我的死會為你帶來痛苦，我就不能死。

我不能再寫下去了……我的頭很沉重……渾身痛楚，高燒不退……我想，我現在就得躺下。應該是時候到了……也許命運會好好善待我一次，讓我不必親眼看著他們帶走我的孩子……我寫不下去了。永別了，我的愛，永別了，我要感謝你……無論如何，過去那樣是好的……直到最後的一口氣，我仍要感謝你。我如釋重負，一切都對你說了，你現在瞭解了——不，你不會瞭解的，只是會有某種感受而已——我是多麼愛你，而這份愛不會牽絆你。我的死沒為你帶來失落，這使我感到安慰。你的生活不會因此改變，依然會燦爛美好……。那麼，我深愛的你，永別了，我死而無憾。

然而，有誰……誰能替我每年在你生日那天送去白玫瑰？啊，花瓶將會空著，每年一次在你身邊繚繞的清香，我存在的一抹氣息也將消散！我的愛，我請求你……這是我第一次，也是最後一次求你，算是為了我而做吧，請在你每年的生日——這一天，正是人們可以想想自己的時候——買幾朵玫瑰放進花瓶裡。我的愛，請你為我做這件事，如同人們為所愛的人在每年忌日讀誦的彌撒。但我不再相信天主了，我不要彌撒，我只相信你，只愛你，我想要在你心中還能夠繼續活下去……啊，一年只活那麼一天，讓我悄然無聲地活著，如同那些年生活在你身旁的我……我求你，我的愛，請為我做這件事……這是我第一次請求你，也是最後一次……謝謝你……我愛你，我愛你……永別了……

信紙從他顫抖的手中鬆落。他久久地回溯，迷茫中升起單薄的記憶。依稀有個鄰家女孩，依稀有個少女，依稀有個在夜總會遇到的女人。但那些記憶空泛而混淆不清，彷彿水底的石頭隨著流水波動閃爍，忽隱忽現。一些形影浮出了又褪去，聚不成清晰的影像。他觸探情感的記憶，仍舊想不起來。他感到自己似乎是在作夢，頻繁而深沉地夢過那些模糊的輪廓，但也僅僅是夢而已。

於是，他的目光落在那只藍花瓶。多年以來，第一次在他生日的這一天，眼前書桌上的花瓶是空著的。他頓時毛骨悚然，彷彿一扇隱而不見的門驟然開啟，一陣冰冷的氣流從另一個世界湧來，湧進了寂靜的房間。他感受到了某個人的死亡，感受到了永生不朽的愛情；在他靈魂深處，某個不知名的東西綻裂開來了。他想著她，那無形無影、情感濃烈的女子，宛如遠方的樂音。

A A
A PL
Z ST
O H
A A

NAME AND ADDRESS H

蟲

CORRESPONDENCE HE

this is aun li
boiling down s
back sweet ta
an the yard th
for you Mable
lowe + many ki

一九一二年三月，一艘巨型遠洋輪船於那不勒斯港卸貨時，發生一起引人注目的意外事件。報紙紛紛大幅報導此消息，但內容捕風捉影，不無渲染。我當時也搭乘那艘「大洋號」，不過事件發生在煤炭補充與貨物交接的夜晚，所有乘客為了避開噪音，下船到陸上的咖啡館或劇院打發時間，因此我和其他乘客一樣，並未親眼目擊突發狀況。儘管如此，關於報導中穿鑿附會的一幕，我其實有些個人見解可補充說明，只是當時並未對外公開。既然事隔多年，或許我可轉述那一段交心的深談，因為那次談話過後不久，耐人尋味的意外也隨即發生了。

話說從頭。我先在加爾各答船舶代理處詢問「大洋號」的訂位事宜，希望盡快趕回歐洲。辦事員對我聳聳肩，無奈地表示難以擔保還有空艙位，因為當時正值雨季來臨前夕，船艙通常在起站的澳大利亞就已爆滿，若我真有需要，他必須發電報到新加坡等回音。隔天，辦事員回覆的消息還不錯，可以訂到一間艙房。但他也事先坦白告知，艙等並不是那麼舒適，位置是在輪船中段的甲板下。我迫不及待想返鄉，沒有太多猶豫就請他訂了艙位。

辦事員說的果然沒錯。輪船確實爆滿，我的艙位狀況頗糟。那是緊鄰機房的艙位，窄小方正，只有混濁不清的光線從圓舷窗照進來，滯悶的空氣瀰漫著機油味和霉味。一分鐘也無法擺脫的風扇像隻發狂的鋼蝙蝠，在頭上沒完沒了地打轉。艙房樓梯下方的機器像個賣力的運煤工人，無休無止發出咻咻的氣喘聲。閒晃的人在甲板上走來走去，腳步聲持續從頭頂傳下來。那簡直是個灰鐵隔成的墓穴，臭味薰人，我才剛把行李箱拖進去便又逃回甲板。當我從底層的艙房探頭出來時，立刻呼吸到陣陣龍涎香一般的暖風，那是從陸地拂過波浪而吹來的風，溫和而甜美。不過壅塞吵鬧的甲板上也好不了多少，到處是興奮得走來走去的人，晃過來盪過去的，令人眼花撩亂。一群被關在船上的人，注定要無所事事地爬上爬下、東聊西扯，讓人不得安寧。唧唧喳喳的女人爆出笑鬧聲，男人不斷在狹窄的甲板過道上繞圈打轉，喋喋不休地交談，話題轉來轉去還是轉回自己身上。他們鬧哄哄地從我座椅前簇擁而過，讓我愈待愈不舒服。

那時我剛走訪過新世界，腦中塞滿許多畫面；它們爭先恐後在我眼前浮現，彼此推擠，一團模糊。我想好好整理腦袋，讓畫面清晰而有條理地在眼前重現，但在這條人潮洶湧的甲板大道上，根本沒有一分鐘得以清閒。如果拿起書來讀，文字便在走動的人影間糊成一片。在這條隨船前進、毫無遮蔭的甲板大道上，要靜下心來是不可能的了。

三天以來，我試著勉強自己隨遇而安地面對眼前的人、眼前的海。可是海就是海，總是又藍又空，只有夕陽西下時才忽然灑滿各種色彩。至於人，經過二十四小時的三倍時間後，我熟悉每一張臉孔，看都看膩了，對這些人感到麻木不仁。女人的尖笑不再引起我的興趣，身旁兩個老是抬槓的荷蘭軍官不再吵得我火冒三丈。總之，我除了逃離人群，別無他法。然而我的艙房熱得冒煙，沙龍裡又有那幾個英國女孩輪番上陣彈鋼琴，把華爾滋彈得荒腔走板、支離破碎。我最後決定日夜顛倒，下午用幾杯啤酒把自己灌得神智不清，然後回艙房睡覺，當別人晚餐、跳舞時，我還在睡。

等我在又小又悶的棺材艙房裡醒來時，由於風扇已經關掉，艙內空氣變得潮溼黏膩，我的太陽穴如火中燒。我恍惚了好幾分鐘才認出自己身在哪個時空。已經午夜了，因為已聽不到音樂和走來走去的腳步聲，只有機器——這隻宛如利維坦[1]一般的巨大怪獸的心臟——還在喘息跳動，把鋼骨吱嘎作響的船身推向看不見的前方。

我摸黑登上甲板。一片荒涼。當我抬頭望向幽靈般矗立的煙塔和桅桿時，眼前突然出現一片奇妙的亮光。夜空在發光。儘管閃爍著點點白光的

1　利維坦（Leviathan），《聖經》中的巨大怪獸。

星子周圍應是陰暗的，但夜空在發光。彷彿萬丈光芒的前方鋪上了一層天鵝絨幕，而那些星子正是光芒透過天幕縫隙流洩而出的微光，忽隱忽現，美不勝收。我不曾見過那樣的夜空，那麼堅實的鋼青色，卻又那麼的閃耀；從星月滿溢出來的光，如溪水般粼粼流淌下來，彷彿蒼穹的中心有一座神祕的火爐正燃燒著。吊索、桅桁、所有的裝備、所有的輪廓，都在月光下閃閃發亮，所有具體的線條都消融於流光之中，浮盪在黑絲絨毯般的海面上。桅桿上方的燈火與位置更高的瞭望臺窗眼高懸在空中，宛如人間的星子，與天幕的繁星互為輝映。

神奇的南十字星座正好在我的頭上，猶如釘在浩瀚無垠中的一組鑽石卯釘，璀璨地緩緩飄移，而其實移動的只是輪船罷了。輪船緩緩航行，像個泗游的巨人載浮載沉、晃晃漾漾，胸腔發出深沉的喘息聲，在幽黯的海面上破浪而行。我站著仰望星空，彷彿身在水池之中，溫水從高空淋灑而下，不同的是，此時沐浴的不是水而是潔白溫潤的光。這讓我捧在手中的光，簇擁著我的肩、我的頭，似乎也沁入了我的心靈，因為我頓時感到心曠神怡，所有的昏沉都已退卻。我脫胎換骨似地吸吮含有水果芬芳與來自遠方島嶼的氣息，齒頰生香地細細品嘗這彷彿具有特殊療效的空氣，感受著淨化與醉意。自上船以來，我的體內第一次充滿純淨而夢幻的快感，一如所有最肉欲的歡愉，我彷彿擁有女性的身體，正盡情吸吮溫存的氣息。我想平躺下來，想讓眼睛能平視空中皎潔的象形文字，但供人休息的躺椅或沙發都收起來了，空蕩無人的甲板上沒有可以沉思或幻想的休憩處。

於是我往前探路，漸漸往船艄走去，所有物件的反光強烈地撲向我，令人眼花撩亂。潔白耀眼的星光讓我感覺不適，但我仍想找個幽黯處躺下，如同沉浸在陰涼的房間裡觀賞田野景色一般，讓星光不再往我身上淋灑，而是留在天上發光，繼續照著周遭的景物。我扶著鐵支索，踉蹌地跨過纜索，最後走到了船沿，望著在暗夜裡前進的船艄劃破月光湧動的海水，剖出兩側飛沫橫濺的水壁。船艄如耕田機般升升降降，翻犁著這片黑浪之田。這場水花四濺、星光閃爍的競賽過程，我完全感受得到大自然被征服的痛苦，也完全感受得到人為力量的痛快。我忘情地凝望著，時光流逝，不記得自己究竟站了一小時或是幾分鐘。盪漾的船身是巨大的搖籃，把我搖搖晃晃地帶出了時間之外。我全身鬆懈，一種酥麻的慵懶陣陣襲來。我想去睡了，想去作夢了，卻又不願離開眼前的奇幻，不願回到我的棺材裡。我不禁用腳碰了碰下方的一捆纜繩，然後坐在纜繩上，閉起了眼睛，但並未因此感到一片黑暗；銀色的光仍然鋪映在我的眼瞼、我的身體。我能感覺到船下微微作響的海水，感覺到高處的光芒正無聲地流淌，它們一點一滴地匯集，一同融入我的血管。我不再感覺到自己，再也分不清呼吸聲是自己的，還是船的心臟在遠處跳動所發出的。夜深人靜的世界裡，輪船疾駛前行的持續聲響中，我隨波湧動，渾然忘我。

一聲輕輕的乾咳嚇了我一跳，聲音很近，把我帶離了差點沉溺不醒的夢境。我驚醒過來，睜開眼睛後，原本久久落在眼瞼上的光頓時白花花一片。我勉強看見，對面船牆陰影裡閃出眼鏡片的反光與菸斗的渾厚火圈。當我坐下時，只顧著下方兩側飛沫橫濺的浪壁和頭上的南十字星座，完全沒留意到鄰近有人，想必他動也不動地待在那裡很久了。我一時沒回過神來，不自覺地用德文說：「對不起！」暗處傳來回應：「喔，沒關係……」

那個人沒聲沒響地坐在暗處，距離那麼近卻完全看不清楚，這種既怪異又可疑的感覺真是難以言喻。我感覺得出對方的眼睛正盯著我，如同我也正望著他，但我們之間是一片亮閃閃的強光，誰也看不清楚誰，看到的只是身在暗處的人影。我依稀聽得到他的呼吸，還有抽菸的唏歔聲。

沉默令人難耐；我真想走開，卻又恐怕走得太突兀會失禮。進退兩難之中，我也拿出一根菸。火柴劃亮的瞬間，侷促的空間裡有了光，我因此看見鏡片後一張陌生的臉，是我在船上散步或用餐時都不曾見過的。或許是突然亮起的火光使我眼花，要不就是幻覺，那張臉看來茫然而淒厲，陰森森的就像鬼魅。火光一下子熄了，陰影再度攏上那張臉，我來不及看得更仔細，只見到黑暗裡幽深的輪廓，還有菸斗不時發出的紅光，像個火紅的指環浮在空中。我們各自待在原地，沒人開口說話，這種沉寂就和熱帶氣壓一樣滯悶難耐。

我實在忍不住了，終於站起來客氣地說：「晚安。」

「晚安。」他在暗處回答，聲音像生鏽似地沙啞、僵硬。

我吃力地穿過繩纜和船板，走得歪歪倒倒，背後卻響起倉皇不穩的腳步聲，是剛才那個離我很近的人。我不由自主停下來。他並沒有向我走近，幽影之中，他的腳步聲讓人感覺得出他心事重重。

「對不起，」他著急地說：「我想拜託您幫個忙。我……我……」他變得口吃，不得不尷尬地停頓一下：「我……我有些私人的……非常私人的原因……所以待在這裡，避開人群……是喪事……因此沒和船上的人往來……我指的不是您……不是的，不是的……我只是請您幫忙……請不要對船上任何人提到您在這裡看到我，我會感激不盡的……因為……我有個人的苦衷，目前還不方便和人來往……這種時候……是的，這種時候……如果您對人說在這種時候遇到我，會為我帶來困擾的，三更半夜，這裡……看到我在…………」他沒把話說完。我趕緊向他保證我會守口如瓶，不會讓他失望，免得他那麼尷尬。我們握了握手，然後我回到艙房，睡得昏昏沉沉，恍惚之中不斷湧現種種人影。

我謹守承諾，沒對任何人提起這個怪異的巧遇，儘管說出來的誘惑很大。因為在越洋航行的途中，芝麻蒜皮的小事也能成為新聞事件，諸如地平線出現一角白帆，海裡躍出一隻海豚，發現了誰又和誰調情，或是一個無聊的笑話。同時，好奇心糾纏著我，使我想打聽這個不太尋常的人。我翻遍旅客名冊，看看上頭哪個名字可能是他；我重新把所有旅客的面孔又打量了一遍，看看誰可能和他有關。我整天浮浮躁躁，迫不及待等著夜晚來臨，說不定還能再遇到那個人。一旦碰到與心理學有關的謎團時，我整個人就安定不下來，總是心急地探索其中的關聯與脈絡。尤其是奇特的人一出現，更想一探究竟，這種熱忱絕不輸給想要占有女人的激情。時間從我手中流逝，整個白天的時光流逝得漫長、空洞又破碎，我於是早早上床入睡，我知道午夜一到，心事自然會把我叫醒。

果然，我醒來的時間和前一晚相同。夜光錶上的時針與分針重疊成一條發亮的線。我趕緊走出心浮氣躁的艙房，走進更心浮氣躁的夜。

星星閃耀一如前夜，溢出的光芒灑在抖動的船身上，高懸天際的南十字星座璀璨著。一切都和前一晚沒兩樣，比起我們這裡的緯度，熱帶地區的晝夜更像是孿生子，不過，我的心緒卻不像前一晚那麼萎靡不振、捉摸不定，也沒那麼夢幻了。某種東西正吸引著我、困惑著我，我清楚它要把我帶往何處——帶到船艄那堆黑支索之中，我急著想知道那個神祕的人是否依然動也不動地坐在那裡。船上的鐘聲從上空傳來，我拖著腳步，一步一步前進，每個腳步都帶著既不耐煩卻又渴望的情緒，我真是禁不起誘惑啊。在我還沒走到船艄之前，已經望見有個火光亮了一下，像是火紅的眼睛。是菸斗……。那麼，他早已坐在那裡了。

我不禁嚇得往後退了一步，沒再往前，而且想要走開。在那陰影裡有東西晃動了一下，然後站起了來，往前走了兩步，我突然聽見他壓抑的嗓音就在我面前，有禮貌地說：

「對不起。我想，您本來是要回到昨晚的位置的，但似乎由於看到我的緣故所以想離開。請您安心坐下吧，我正要走呢。」

輪到我請他留步，我說是因為不想打擾他，所以留在原地沒再向前。

「您並沒有打擾我，」他的聲音有著哀傷：「相反的，我很高興總算不是一個人待在這裡了。這十天來，我沒說過一句話……其實是很多年來沒好好說話了……把話藏在心裡的滋味很不好受，悶得喘不過氣來……我在艙房裡待不下去，受不了那個……那個棺材……受不了那些整天嘻嘻哈哈的人……我目前還沒辦法忍受這種笑聲……待在艙房裡就能聽見笑聲，我不得不堵住耳朵……說真的，他們並不知道……不，他們不知道……算了，這種事又何必牽連到外人……」

他再次停頓了一下，忽然又緊張地補充：「請原諒我這麼多話，希望沒打擾到您。」

他鞠了躬，表示要離開，但我語氣堅定地回應他：「您一點也沒有打擾到我。能安安靜靜地待在這裡，我也很樂意有個人可以說說話……來根菸吧？」

他接過菸。我替他點上火。他的臉再度從漆黑的船沿旁浮現，隨火光搖曳的臉孔這一次面對著我，鏡片後的雙眼正迫切地打量我，目光犀利而錯亂。我渾身一陣哆嗦。我瞭解，這個人渴望傾訴，必須傾訴。我知道我必須幫助他，必須靜靜聽他說話。

他把甲板上的另一張椅子推給我，我們坐了下來。兩人的菸頭閃著火光，我看到他手中菸頭的火光在黑暗裡緊張的躍動，知道他的手在顫抖。但我沒開口說話，他也不說話。突然，他低聲問我：「您很累了嗎？」

「不累，一點都不累。」

陰影裡傳來的聲音又回到了遲疑。「我想請教您一件事……換句話說，我想告訴您一件事。初次見面就這樣說話，我知道這很荒謬，可是……我的狀況……我的心理狀況很糟……我很清楚自己瀕臨崩潰邊緣，必須有人可以讓我把話說出來……我希望您能瞭解，一旦……是的，一旦我對您說出那件事……我也知道您是幫不了我的……可是，悶不吭聲讓我成了神經病……別人總是會嘲笑神經病……」

我打斷他的話，請他毋需顧慮。如果他願意的話，有話儘管直說……我當然不能承諾什麼，但至少會善意回應，因為這是做人該有的本分與義務。幫助有難的人是理所當然的……。

「本分……義務……盡可能做到樂於助人……所以您也認為人有這種

義務……認為我們有幫助他人的義務……」

他重複說了三次義務，用混濁不清的聲音重複說出同一個詞，令我打起冷顫。這個人瘋了？醉了？

我心中的話好像兀自脫口而出似的，他突然完全換了個語氣對我說：

「您搞不好以為我瘋了或是醉了。沒有，我沒有喝醉也沒發瘋……至少目前還沒有。但奇怪的是，您剛才說的話觸動了我……真是奇怪哪，因為此時折磨我的正是——做人該有的義務……義務……」

他又語無倫次了。接著沉默不語，忽然又衝口說出：

「我是個醫生。夠可怕的了！醫生總是碰到義務的問題……遇到極端的狀況時，就搞不清楚自己倒底該有什麼樣的義務了……人哪，其實不只是與別人來往時有義務，而且還有個人的義務、對國家的義務、對學術的義務……沒錯，醫生就是應該救助人，不然何必有醫生……但那只是理論，實際上是有限度的……究竟應該幫助人幫助到甚麼程度？……您不認識我，我不認識您，我請您不要對別人提到您見過我……沒錯！您沒說出去，您盡到了助人的義務……我請您和我說話，因為我悶死了……於是您準備好好聽我說話……很好……但這並非難事……不過，如果我請求您把我抓起來丟到船外……不用說，這時候樂善好施與助人的義務都到了底限。毫無疑問地，凡事都是有底限的……只要是個人生命與義務變得事關重大時……就必須有所節制……義務是絕對需要有節制的……這麼說來，難道醫生的義務就不該有個限度？難道醫生就必須是個救世主，只因為擁有一張用拉丁文寫成的文憑？要是有個女……有個人來求醫生，要醫生像歌德所說的——人性的高貴在於助人而且良善——難道醫生就得因此拋頭顱、灑熱血地拚命？……是的，義務義務，總該有個限度吧……總有無能為力的時候吧，尤其是涉及生命攸關的時候……」

他的話再度中斷，突然又接著說下去：

「很抱歉……我說得太激烈了……但我沒喝醉……還沒醉……我可以

對您有話直說，我最近倒是常喝酒，實在是孤單得要命……您想想，過去八年以來，我幾乎是被放逐了，和我在一起的只有當地的人和動物……我根本忘了怎麼好好說話，所以一開口就一發不可收拾。等一下……喔，對了，我想起來了……我剛剛說到要請教您，請教您在某種狀況下，究竟該不該去幫助人……像個天使，一派天真地去幫助人，假使……先插個話，我怕要說的話會太長。您真的不累嗎？」

「不累，一點都不累。」

「我……實在很感謝您……您不來點酒？」

他在背後的暗處摸了一下，發出酒瓶的撞擊聲，大概有兩、三瓶吧，反正他身邊擺了好多瓶酒。他遞給我一杯威士忌，我喝了一口，他卻一仰而盡。我們之間又出現了沉默。鐘聲響起：十二點半。

「那麼……我想對您說一件事。您不妨假想有個醫生……在一個小村落……在鄉下……這個醫生……這個醫生……」

他又停頓，接著身體突然移動了一下，坐得離我更近。

「不對，這樣說不對。我應該開門見山，從頭說起，否則您是不會瞭解的……這種情況，不能用假設或辯論的方式來說……我得把我的情況告訴您，不該避諱，不該遮遮掩掩……就像病人在我面前脫光衣服一樣，露出身上的瘡疤或讓我看他們的尿液、排泄物……要想得到醫治，就不可以拐彎抹角，而是應該說得清清楚楚……我要告訴您的，不是某個虛構的醫生所發生的事……我也應該赤裸裸地說，我……我活在煉獄般的孤獨和受詛咒的國度裡，心靈和骨髓都被啃食殆盡，早就忘了什麼是難為情。」

大概是我做出了什麼動作，他因此話鋒一轉。

「喔！您不同意啊……我瞭解，印度風光，那些廟宇，那些棕櫚，所有兩個月旅途中的浪漫情調都讓您興奮不已。沒錯，歐洲人一見到具有熱帶風情的鐵路、轎車或是人力車就被迷住了。而我呢，八年前第一次到那裡時，心情也是如此，而且滿懷憧憬。當時真是發夢啊！我要見識，我要學當地的語言，用原文拜讀神聖的書籍，我要鑽研疾病，致力醫學研究，探索當地人的心理。沒錯，就是歐洲人愛用的那個術語，我是要去當一個人道精神與文明進化的傳道人。所有到那裡去的歐洲人都有過相同的夢想。只是到了當地，就如同待在無形的溫室裡，不久就失去了活力。然後是發燒發熱，吞再多的奎寧也沒用，反正就是會發燒發熱，整個人耗盡精力，提不起勁，滿身是汗，變得像水母一樣鬆軟、虛空。一個遠離大城市的歐洲人，到了泥濘噁心的工作站，遲早都會步入相同的命運，不是酗酒便是抽鴉片，要不就是打架鬧事成了禽獸。總之，每個人都染上了各種惡習。歐洲成了鄉愁，他們夢想著有一天能夠回去在大道上漫步，或是坐在磚石打造、潔淨明亮的屋裡與白種人為伍。他們如此夢想著，年復一年，只是一旦時機到了，有了長假的時候，他們卻已經欲振乏力，懶得離開。他們知道自己已經被遺忘，成了外人，和人群踩在腳下的海貝沒兩樣！

於是他們留下來了，在溼熱的叢林裡變蠢變鈍，腐爛敗壞。我把自己賣給爛泥窟的那一天，就是個該死的日子……

「順便一提，我也並非完全出於自願。我是在德國念書的，拿到醫學博士學位後在萊比錫醫院任職，算是不錯的醫生。我忘了當年是哪一期的《醫學雜誌》還報導了一種最新注射劑，轟動一時，而首次執行注射的人就是我。接著拜倒裙下的故事發生了。醫院裡出現了一個女人，她把情人逼瘋了，情人對她開了一槍，送到醫院來。我不久也變得和她的情人一樣瘋狂。那個女人對待我的態度高傲冷漠，弄得我如癡如狂。我一旦遇到霸道任性的女人，向來只有被她們玩弄於股掌之間的分。我對醫院遇到的那個女人屈躬哈腰得骨頭都要斷了，她說什麼，我就做什麼，我……

「好吧！我就明說吧！反正是八年前的事了，有什麼不好說的？為了她，我動用醫院的公款，東窗事發後，厄運連連。我的一個叔父把事情擺平了，但我的事業也毀了。我當時聽說荷蘭政府招募醫生前往殖民地，而且會給預付金，當下就料到這種先給錢的工作一定不會是好事。我也知道，熱病在墓園裡種下的十字架，繁殖得比我們墓園裡的還要快三倍。人在年輕的時候，總以為熱病和死神只會擊倒別人。總之呢，我當時也別無選擇，於是去了鹿特丹簽下招募合約，把自己賣掉十年。領了大把花花綠綠的鈔票，一半寄給了叔父，剩下的一半呢，被一個我在港口區遇到的女人弄光了。她把我騙得一乾二淨，只因為她長得像醫院裡那個要命的狐狸精。我沒了錢，沒了懷錶，沒了指望；我背對著歐洲，一點也不感傷地隨船而去。我們就這樣駛離了港灣。我當時和您現在一樣，和所有的人一樣，坐在甲板上想著，終於有這麼一天能看到南十字星座、棕櫚樹，我感到心花怒放。啊！叢林，孤獨，靜謐，我是在作夢！果然一項都不缺。先嘗到的是孤獨，我沒被派去巴達維亞[2]或蘇臘巴亞[3]，在那些大城裡至少還有人群、俱樂部、高爾夫球場、書報雜誌。但我卻被派到——嗯，地名不重要了——一個離最近的城市也要兩天路程的工作站。當地只有幾個無聊乏味的官員、一對歐亞混血兒，這就是我的社交圈。除此之外，就是層層圍繞的叢林、菜園、灌木叢和沼澤。

「起初我還能忍受，研讀各類書籍。有一次副總督來巡察時翻了車，壓斷了腿，我在沒有幫手的情況下替他動手術，一時傳為佳話。我收集原住民的毒藥和武器，找各種小事讓自己忙不過來，才算勉強振作起精神。但那只是我從歐洲帶來的精力還沒耗盡之前能做的，到了後來，我也變得萎靡不振。那幾個歐洲人，我看了就心煩，於是斷絕了所有關係。我開始酗酒，孤孤單單地耽溺在白日夢裡。我只需再熬兩年就能重獲自由，拿著退休金回到歐洲去開創我的新生活。說真的，我什麼事都不用做，只需要

2 荷蘭殖民時期雅加達的舊名。
3 華文譯名為「泗水」，印尼的第二大城市，也是重要港都。

等，躺著等都行，到今天都還會在那裡等，要不是她……要不是發生了那件事……」

幽影中的說話聲停住了。菸斗的火光也熄滅了。突如其來的寂靜之中，我又聽見海水對抗船艄、碎成浪沫的聲響，還有心跳一般的輪機轉動聲，沉悶而遙遠。我真想點根菸，又怕火柴硬生生劃亮眼前陌生人的臉。他沉默著，一直沉默著。我不知道是他的話說完了，或是睏了，還是睡著了。他的沉默是如此的死寂。

船上的鐘塔貿然敲出俐落的一響：一點整。他陡然一驚。我又聽到玻璃瓶的撞擊，顯然他又伸手去摸索威士忌。我聽見他喝了一口酒，發出細微的吞嚥聲。接著他突然又說起話來，但這一次的聲音更為緊繃而激動。

「喔，對了……等一下……我想起來了。我就窩在那個該死的爛泥窟裡，成了蛛網上守候的蜘蛛，動也不動地過了好幾個月。那時候正好是雨季，有好幾個星期只能聽著雨水敲打屋頂。沒有人來過，更沒有歐洲人。我整天和幾個黃種女人還有我親愛的威士忌待在屋裡。我實在低潮到了極點，想念歐洲想得生病了，要是在小說裡讀到燦爛的街道或白種女人，我的手就忍不住發抖起來。那種狀態真是無法形容，那是某種熱帶疾病，讓人脾氣暴躁、失去理性，有時又和憂傷難耐的思鄉病混在一起。有一天，我還記得自己正好處在那樣的狀態中，一邊看著地圖，一邊幻想著歸途。突然有人敲我的門。我的小男僕還有一個女僕都在門外瞪大眼睛，驚訝地比手劃腳說：有一位女士，一位淑女，一個白種女人！

「我猛然站起來。我沒聽見馬車或轎車的聲音，這種荒涼的地方會出現白種女人？

「我已準備要下樓，卻又退回來對著鏡子看了一眼，然後趕緊穿上西裝。一種不祥的預感擾亂了我的心思，因為這個世界上是不會有人為了交情來探望我的。我終於惶惶不安地趕緊走下樓去。

「在前廳等候的那位女士快步迎向我。一片搭車時用的防塵面紗厚厚地遮住了她的臉。我正要開口向她問好，她卻冷不防地搶在我之前說話：『您好，醫生。』她說的是英文，非常流暢，甚至有點太流暢了，彷彿事先練習過似的說：『真是抱歉，來得這麼突然。不過呢，我們正好到了行政區那邊，車子就停在那裡。』我一聽，心中閃過一個疑問——她怎麼不直接坐車到這裡？『是這樣子的，我想到您就住在這裡，臨時過來的。我早就久仰您的大名，您上次替副總督動的手術真是個奇蹟，現在他的腿哪，all right（好了），又和以前一樣打起高爾夫球了。我們圈子裡的人到現在都還會談起這件事呢！若是您能到我們那裡，我們還真願意用那兩、三個暮氣沉沉的外科醫師來交換。說真的，怎麼從沒見過您到我們那邊的城裡去？您在這裡過得挺像個印度苦行僧……』

「她滔滔不絕地東扯西扯，沒讓我有插話的餘地。但我從她言不及義的閒談中感覺得到她的心神不寧，這也使我莫名地困擾起來，暗自疑惑著：她怎麼這樣說話？怎麼不自我介紹？怎麼不掀開面紗？她中暑了？病了？瘋了？我愈想愈煩躁，覺得自己這樣站在她面前很可笑，任由她的話把我淹沒。終於，她稍微停頓了一下，我總算能開口請她上樓去。她對小男僕點頭示意，要他在原地等候，接著走在我前面，上了樓。

「『挺不錯的，您這地方！』她一邊說話一邊環顧我的診療室，然後往書架走去。『啊！這些書都好精美！我真想全部都讀！』她瀏覽那些書名，看了一分鐘之久，這是她到這裡來第一次閉嘴。

「『要不要喝杯茶？』我問她。

「『不了，謝謝您，醫生。』她說，沒回過頭來，繼續看著那些書。『我們很快就要離開了。我的時間不多……我們只是出來走走。啊！……您還有福樓拜的書！我真想拜讀……太精采了，實在是太精采了，*Education sentimentale*（《情感教育》）……是法文的呢……您也讀法文書，我看得出您懂的東西真多……果然，德國人哪，在學校裡什麼都學……會這麼多語言，真是了不起……副總督對您相當重視，他總是說，若是要動手術，他只放心由您操刀……至於我們那邊那個外科醫生呢，就只有打橋牌時好用……對了，是這樣的……』她一直背對著我說話：『既然正巧經過您這裡，我想……不過，您現在大概有不少事要忙……我改天再來打擾可能會好一點。』

「我立刻想著：『你總算要掀出底牌了！』但我不動聲色，只回答隨時候教，能為她效勞是我的榮幸。

「『沒什麼嚴重的。』她側過身來，手中繼續翻著從架上拿下的書。『沒什麼嚴重的……小事嘛……女人會有的……頭暈，虛弱。今天早上坐在車子裡的時候，猛然一個大轉彎，我忽然就暈過去了，就像法國人說的 raide morte（突然昏死）……還是小僕人幫我弄來了水才醒過來……也許是因為司機開得太快造成的……醫生，您認為呢？』

「『若是這樣，我還無法判斷。您會常頭暈嗎？』

「『不會……嗯，也可以說會……這幾天常頭暈……也就只有最近會這樣……會覺得頭暈、反胃。』

「她又轉身面對書架，把書放回去，抽出另一本，又翻起書來。怪了，她怎麼老是這樣子……這麼心神不定？怎麼不掀開面紗好好看書？我故意悶聲不響，就讓她等吧，倒是挺好玩的。她終究還是說話了，只不過還是言不及義，一副漫不經心的模樣。

「『是吧？醫生，沒什麼嚴重的？不是熱帶病……沒有風險的……』

「『我必須先看看您有沒有發燒。能請您讓我量量脈搏嗎？』

「我走向她，她卻稍微避開了一下。

「『不用了，不用了，我沒發燒……我十分確定，我沒發燒……自從……自從有了頭暈的症狀後，我天天自己量體溫……從沒發燒過，體溫計總是顯示三六．四度上下，非常正常。我的胃也很健康。』

「我猶豫了一下。整個過程中，我老覺得有什麼不對勁；這個女人必定有求於我。有人大老遠到這種荒郊野外，總不會為了談福樓拜吧。我沒回應，我讓她等，等了一、兩分鐘之後，才直截了當問：『對不起，我可以冒昧請教幾個問題嗎？』

「『當然可以，您是醫生啊。』她回答，卻已經背過身去，繼續把玩那些書。

「『您有小孩嗎？』

「『有，一個男孩。』

「『您之前……我是說，您懷這孩子時，也有過同樣的症狀？』

『有過。』

「她這時的語調已經完全變了，變得簡潔俐落，一點也不東拉西扯，也不再心神不寧了。『或許您……抱歉，這麼冒昧地提這個問題……或許您目前可能也是在類似的狀況中？』

「『是。』

「一個脫口而出的字，像鋒利的小刀般刺人。她面無表情地轉頭迴避我的注視。

「『或許讓我先為您做個檢查會比較妥當，女士……能否勞駕您到隔壁的房間？』

「她突然回過身來面對我。我感覺到果斷而冰冷的目光穿透面紗直視我，『不用了……沒這必要……我完全清楚自己的狀況。』」

他似乎正斟酌該怎麼繼續往下說。陰影之中，裝滿酒的杯子晃過一抹光。

「是這樣的……您先設身處地的想像一下，一個與世隔絕、消沉度日的男人，突兀地來了一個女人，那麼多年以來，第一次有個白種女人走進他的屋裡……我當時突然有種不祥的預感，這屋子裡有種要命的東西。我渾身不寒而慄。這個突如其來的女人，先是顧左右而言他，然後話鋒一轉，有求於我，但態度卻是冷冰冰的，像是一把逼人的利刃，沒有轉圜的餘地。這讓我感到害怕。我很清楚她要我做的，我其實早就料到了。她不是第一個要我做這種事的女人，但她不像其他女人那樣哭哭啼啼，或是一臉羞愧地苦苦哀求，而是一種……是的，一種剛硬的姿態，一種男子氣魄的堅定……我一看到這個女人就覺得她的意志力比我強……可以隨心所欲的指使我。只是……只是……我心中也有邪惡的東西，我也是個受到刺激就會反抗的男人……因為……我剛剛說了……我第一眼看到這個女人時，甚至，甚至在見到她之前，我就預感到她是個對手。

「我先是不吭聲，因為固執，因為頑強。我感覺得出，面紗下的她正傲慢挑釁地盯著我，想逼我言歸正傳。但我不輕言讓步。我開口說話了，只不過是避重就輕……我不禁開始模仿她，東扯西扯，好像事情沒什麼大不了，好像我沒聽懂她話中有話。不曉得您是否能夠領會這種聲東擊西；我是在逼她，要她把話說得更清楚，我不願意主動效勞，而是要……要人家求我，要她說得更白一點。我要她求我，因為她把自己的身段擺得那麼高……而且，也因為我知道自己從前碰到這種高傲冷豔的女人，只會成了她們的手下敗將。

「於是我不著邊際地對她說沒關係的，這種暈眩是必然的過程，很正常，而且還能證明生理的健康狀況不錯。我引用了許多醫學報導中的實例……說得滔滔不絕，輕鬆而流暢，把她的情況看得非常普通……我沒完沒了地說著，知道她會受不了。我就是在等她把我的話打斷。

「她硬生生地打斷我，揮了一個手勢，像是要揮開那些刻意要人放心的話。

「『醫生，我擔心的事不是這個，我當年有小孩時，健康狀況比現在好，但這一次……就沒那麼all right了……我心律不整。』

「『啊！心律不整，』我很擔心地複誦她的話：『我得馬上檢查一下。』

我做出起身要找聽診器的樣子。

「這下子她成了指揮官，堅持而乾脆地說：『醫生，我的心律不整，請您務必相信我所說的。我不想浪費時間檢查。我想，您應該對我有更多的信任，至少我這方面已經充分表明過對您的信任。』

「是決鬥的時候了，她已公然挑戰，而我接受戰書。

「『信任來自坦白，無所顧忌的坦白。面對醫生，請您把話說得更清楚。在坦白之前，請您掀開面紗，放下那些書，坐下來，別再拐彎抹角。沒有人是遮頭遮臉來看醫生的。』

「她高傲地注視我的眼睛。她猶豫了一下，然後坐下來，掀開面紗。我見到的是我向來害怕的臉，五官分明，令人看不出年齡的美豔，內斂矜持，教人摸不透的神情。那一雙英國人的灰綠色眼眸，在沉靜的表面下卻隱含著萬種風情。嘴唇纖薄緊緻，除非自願，否則絕不會吐露任何隱私。我們對望了一分鐘之久，她盯著我，那眼神是命令，也是質詢。我受不了那冷酷如鐵的目光，不由自主地移開了我的視線。

「她用指頭輕輕敲了桌面。她畢竟還是緊張不安的。接著突兀而緊迫盯人地說：

「『醫生，您明白我對您的期待？還是您全然不知？』

「『我想我是知道的，但最好不要模稜兩可。我就直說了，您希望結束您目前的狀況……您希望我能解決您身體裡造成暈眩、反胃的……原因，要我根除，是這樣嗎？』

「『是。』

「這個字如鍘刀落下。

「『您應該也知道這種嘗試是有風險的……雙方都有風險……？』

「『知道。』

「『您也知道法律禁止我這麼做？』

「『這一類的情況，有些非但不禁止，甚至相反地，是醫療行為。』

「『但那需要開具醫療診斷書。』

「『您是醫生，您拿得到醫療診斷書的。』

「她說這些話時目不轉睛地直視我，毫不畏縮。這是命令。而我當時是脆弱的，她的意願如惡魔般強勢，使我欽佩，使我悸動。但我仍不屈服，不願讓她看出我已經戰敗。我腦中閃過貪心的想法——不急不急！多找點麻煩！讓她來求你。

「『診斷書不是醫生想開就開得成，不過，我倒是可以請醫院裡的某個同事聯名。』

「『不用勞駕您的同事了。我到這裡來要找的人是您。』

「『我能否請教一下，為何是我？』

「她冷冷看著我。

「『我可以毋需顧慮地回答您，因為您住得遠，因為您不認識我，因為您是一位優秀的醫生，因為——』這是她第一次猶豫：『因為您不想在這國家待太久，尤其是……如果您能領到一大筆錢回家的話。』

「這些話使我全身發冷。這簡直是冷血交易，算計得清清楚楚，我愣住了。直到現在，從她口中說出的話沒有一句是為了請求，而是相反！從頭到尾都是心機。先迂迴試探，再單刀直入，正中要害。我覺得自己就要被惡魔的誘惑給說服了，但我更想全力反擊。於是我按捺下來，語氣近乎諷刺：

「『您說的一大筆錢……是由您來準備？』

「『沒錯，是給您的報酬，並且請您馬上離開。』

「『您知道這樣一來，我會領不到退休金？』

「『我會補償您的。』

「『您說得很清楚了……但我還是想知道得更確切一點。您的這筆酬勞究竟是多少預算？』

「『一萬兩千盾，支票付款，在阿姆斯特丹兌現。』

「我在發抖……氣得發抖……也佩服得發抖。她全都算計過了，金額、付款方式和領款地點。要拿到錢，就一定得離開。她不需要認識我，就知道我值多少錢，就想收買我。她早已運用意志力、運用直覺在支配我。我真想賞她一個耳光……我顫抖地站起來，她也跟著起身，我直視她的眼睛，而當我看著那張抿住的雙唇就是不肯開口請求時，看著那高不可攀的額頭就是不肯低下來時，突然體內脹滿一股……一股暴力的欲望。她必定也覺察到了，想擺脫糾纏鬼似地皺起眉頭，露出一臉嫌惡，這時擺在我們之間的仇恨既清楚又赤裸。我知道她恨我，因為她需要我，我恨她，因為……因為她不肯求我。只有在這無言對峙的一刻，在這唯一的一刻，我們終於不再矯飾，終於坦承。然後，有隻野獸爬進了我的腦袋，混進了我的思緒，使我忽然有個念頭，我對她說……對她說……

「等一下，這樣講下去，您很難懂得我要她……我所對她說的話。我得先向您解釋我怎麼會有那……那喪心病狂的念頭。」

黑暗中再度響起杯瓶的碰撞聲，他的語調變得更加激動。

「我並不是要找藉口辯護，要替自己脫罪，只是……若不把前提講清楚，您是無法瞭解的……我不敢說以前我的為人好不好，但是……但我向來樂於助人……工作站的生活不是人過的，幸好腦袋裡還裝了一點醫學知識，讓我們能把人救活，這種和上帝搶人的戲碼是我們唯一的樂趣……說真的，這確實是最動人的時刻。有一次來了一個黃皮膚的小男孩，他的腳因蛇咬而腫了起來，嚇得臉色蒼白。他一直哭喊著不要鋸掉腿，我最後不但救了他一命，而且沒有鋸掉他的腿。不時有婦女發燒臥病在床，我會為了外診開上好幾個小時的車，哪裡都去。至於這個女人要我做的事，我也不是沒做過，早在歐洲的醫院服務時就做過了。只是，以前無論做什麼，都有種被『需要』的感覺，你是在把人從死亡或絕望中救回來，說得更白一點，在你幫助別人時，自己也需要感覺到別人對你的需要。

「而這個女人……我不知道有沒有辦法說清楚當時的心情……她激怒

了我。她就那樣若無其事地晃到我的崗位，然後盛氣凌人地指使我，要我服從。她激出了我……該怎麼說呢？……她激出了我內在隱晦、壓抑的邪念。她是來玩貴婦的遊戲，趾高氣昂地和我談判的卻是一條命，攸關生死，而她卻表現出一副冷漠的樣子……再說……誰都曉得，哪有打打高爾夫球就會懷孕的……換句話說，我不得不想到眼前這個冷若冰霜、蠻橫高傲的女人……尤其是看著她緊蹙的眉頭時，我無法安分地——或者說，是出於反擊——不得不想到兩、三個月前，她在某個男人的懷裡，一絲不掛地在床上翻雲覆雨，兩個獸性的肉體緊貼得像兩片嘴唇，搞不好還痛快得大叫出聲。就這樣，這個火辣辣的想法緊抓著我不放，當她高傲冷漠得像個英國軍官看著我時……卻看得我血脈賁張，看得我萌生羞辱她的渴望……從那一刻起，我看到的她是剝光衣服的赤身裸體……從那一刻起，我只想占有她，只想讓她緊抿的唇發出呻吟的喊叫，要她既高傲又冰冷的靈魂臣服在感官的愉悅下，如同那個男人，那個我不認識的人所感受到的……但我必須岔開話題……得向您解釋……我雖然沒出息，卻從沒濫用過醫生的職權……那是唯一的一次，但並非由於好色、性欲或發情。都不是，真的不是……否則我會承認的……我只是想征服她的銳氣……用一個男人的方式征服她……我也坦白過了，冷豔傲慢的女人向來能夠對我手到擒來，只不過是當時我在那裡熬了八年，半個白種女人也沒遇到過，簡直不知如何抗拒……再說，當地那些嬌小秀氣的女孩，就像嘰嘰喳喳的寵物，一旦有個白人『大爺』要她們，她們就如蒙恩寵地發抖，卑躬屈膝地殷勤迎接，隨時可以獻身……她們花枝亂顫地輕笑兩聲，順從而卑微得讓人提不起勁。您現在大概已經瞭解發生在我身上的情況了，我突然見到一個傲氣十足、愛恨分明的女人在我面前，從頭到腳深藏不露，體內浮動著激清過後的祕密……這樣一個女人來到與世隔絕的地方，進到一個像我這樣的男人的囚籠裡，我早已是人身獸心，饑渴難耐。當您明白了這個前提之後，也就瞭解我當時是如何的暈頭轉向……所以搞不清自己究竟中了什麼邪念的毒，以致於只想看到她赤裸、淫蕩、銷魂忘我的模樣。但我還算能夠自制，故意裝作沒事的樣子，冷淡地說：『為了一萬兩千盾？……我不做。』

「她看著我，臉色有點慘白。她從我的拒絕中猜到了錢不是原因，但還是追問：

「『所以您要多少？』

「我的口吻不再故作冷漠：『我們攤牌吧。我不是生意人……也不是《羅密歐與茱麗葉》那個可憐的藥劑師，只為了corrupted Gold（昧心錢）就賣起毒藥。我倒是跟生意人相反……要用這種方式，那麼您的期待很難實現。』

「『所以您不願意？』

「『不是為了錢。』

「一片靜默，安靜得我第一次聽到她的呼吸聲。

「『那麼，您究竟要什麼？』

「我再也憋不住了，我說：

「『首先，我要您……我要您和我說話時，不要像在買菜，而是把當我人看。如果您需要幫助，不要……不要那麼快就先提到您那些令人汗顏的錢，而是有人性地求我……求我這個有血有肉的人協助您……我不只是個醫生而已，不是只有門診時間而已……我還有其他的時間……也許您到我這裡來，恰巧是在這個時間點上……』

「她沉默了一會兒。嘴唇輕輕抿了一下，微微發抖，很快地說：

「『所以，要是我求您……您就會願意？』

「『您這種問法還是在談生意。如果我不答應，您是不會先求我的。您必須先向我哀求，我才給答覆。』

「她像凶悍的馬似地猛然揚起頭，怒視著我。

「『不！我寧願死也不會求您！』

「我的火氣也上來了，面紅耳赤，失去理智。

「『好吧！既然您不求我，我就自己開口要求了。我想，我不必說得太白，因為您很清楚我想從您身上得到什麼。之後……之後我就會幫您。』

「她直視了我好一陣子，然後——喔！那種難受的程度，我實在說不出來——她臉一繃，接著爆出笑聲……她看著我的眼神是那麼不屑，那麼難以形容。那是衝著我來的，是在打擊我，要我自慚形穢……但我卻又感到一種陶醉。這輕蔑的爆笑聲來得那麼突然，那麼暴烈，那麼畸形，威力十足。我……我簡直想趴在地上吻她的腳。不到一秒鐘之後……我像遭雷擊，全身著火……因為她扭頭就走，快步往門口而去。

「我不由自主追了出去……我想道歉……我想求她……我再也無力抵抗……但她轉身對我說，不，不是對我說話，而是『命令』：

「『不要跟著我，更不要跟蹤我，要是您敢這麼做……您會後悔的。』

「話才說完，她已經摔門而去。」

又是一陣遲疑……又是一陣沉默……又是海水的湧動聲，水面上的月光彷如潺潺溪水。他終於繼續說下去：

「房門猛然關上，我……愣在原地，動彈不得……這道命令似乎催眠了我……我聽見下樓聲，聽見大門關上……我什麼都聽見了，我所有的心神都隨她而去了，我想要追上她，不管是叫住她、揍她還是勒死她，我只想追上她……跟著她……但我無法動彈，全身被電擊似地癱瘓……從那目光射出的高傲打擊了我，深深地，深到了骨子裡去……當時的狀態也就不用多說了，反正聽來也荒謬……反正呢，我定住不動了好幾分鐘，也許五分鐘、十分鐘，才終於能夠跨出一步……

「才跨出第一步，我已經火速跑起來了……一下子衝下樓梯……她只可能走向通往行政區的那條路……我跑到倉庫要取自行車，卻發現忘了帶鑰匙，只好用力扯開竹棚，劈劈啪啪折斷許多竹片……我跳上自行車，拚命追向她……我一定要……趁她走到轎車之前趕上她……我一定要跟她說上話……

「我沿路掀起滾滾塵土……那時才察覺到之前在樓上呆若木雞地站了多久……因為我看到她已經走到灌木叢的轉彎處，那已是行政區入口了，小男僕陪著她匆忙向前直走……她一定看到我了，否則不會對男僕說了幾句話之後，男孩便停下腳步，留她一個人繼續往前走……她有何用意？何必獨自一個人走？……她是想單獨和我說話，不讓他聽見？……我死命踩踏板……那可惡的男孩……我還來不及轉彎就已經摔出去了……

「我一邊站起身來一邊咒罵……我本能地舉起手，打算給這個蠢蛋一拳時，他已經躲開了……我扶起自行車想重新上路……可是這個怪胎過來抓住自行車，用破爛的英文喊著：You remain here!（你停下來！）

「您沒在熱帶地區生活過……您不曉得，像這種身分的黃種人，而且還是個小鬼，竟然攔住一個白人的自行車，要『大爺』留在原地，簡直膽大包天。當下我無話可說，直接一拳揮向他……他一時站不穩腳步，卻也沒把手放開……他害怕得睜大了窄細的眼睛，那是一個奴隸的恐懼，但仍抓著車把，不要命地緊抓不放……You remain here!他怯生生地又說了一遍。幸好我身上沒槍，否則當場送他一發子彈。『滾開，你這個混蛋！』我大吼一聲，他畏畏縮縮地看著我，還是沒放開把手。我又對著他的腦袋揮了一拳。他還是不放手。我怒不可抑……我已經看見她走遠了，就要擺脫我了，我以拳擊手的攻勢狠狠往他的下巴揮了一拳……效果很好，他翻滾在地了。我這下子可以搶回自行車了……我一坐上去，卻發現騎不動……輪子早在拉扯過程中變形……我伸出已經紅腫的手，試圖扳好輪圈……沒用……我只好把車摔在路上，摔向那個頭破血流、正要從地上爬起來的混蛋。他趕緊跳到一邊……接著——唉，您簡直體會不到接下來的畫面有多可笑，一個歐洲人竟然在眾目睽睽之下……我當時根本管不了那麼多，一心只想追上她，趕上她。因此……我跑了起來，一路發瘋地跑著。經過茅屋時，裡頭那些低下階層的黃種人驚訝地爭相觀看，看一個白人、一位『大爺』、一個醫生在奔跑。

「我渾身是汗地跑到駐地……脫口而出的第一句話是：『車子在哪？』……剛開走……大家詫異地看著汗流浹背、一身狼狽的我，看我還沒站定就有話要問，想必他們認為我瘋了……我看著轎車在公路揚起一團白煙……她得逞了……她得逞了。一如所有必須堅持到底的事，絕不通融，完全在算計之中。

「但逃走對她沒有任何好處……在熱帶地區的歐僑生活圈裡，祕密是瞞不了的……大家彼此認識，小事也能成為新聞……她的司機在駐地官邸等了一個小時不是沒有好處的，我因此只需幾分鐘就能無所不知……我打聽到她是誰了……知道她住在省府，離這裡八小時的火車車程……她是……簡單說好了，她是出身名門的英國人，嫁給某個富商，有錢得不得了。我還知道她丈夫已經去美國出差五個月，應該在這幾天就會抵達，之後要帶她回歐洲……

「而她……一想到此，我的血液中毒似地燒了起來……不用說，她的身孕頂多兩、三個月。

「到目前為止……我說得還算清楚，還能讓您明白……或許是因為我還能瞭解發生在我身上的事……能用醫生的態度來診斷自己。可是接下來的事，我就像發高燒似地無法克制自己了……根本控制不了……也就是說，雖然我很清楚自己的所作所為已經失去理性，卻無法控制……我中邪似地開始橫衝直撞。可是……等一下，也許我應該先讓您瞭解……您知道什麼是馬來蠱？」

「馬來蠱？……我印象中那是……馬來人所說的某種神智迷醉的狀態……」

「不只是迷醉……還有癲狂、暴怒的現象……人會變得偏執、神智錯亂，而且有致命的危險，不是任何酒精效應所能相提並論的。我住在當地的那段期間曾研究過這種病例。當然啦，自己在觀察別人時總是態度正面、頭腦清楚。不過我一直沒找出根本病原，沒能解開可怕的祕密……總之呢，就某種程度而言是與氣候有關，尤其是氣壓沉悶難耐時，人的神經受到壓迫，到最後就像暴雨一樣地崩潰了……所以呢，馬來蠱……嗯，馬來蠱就是這樣的。比如有個馬來人，即使是個溫和正派的好人，正安安靜靜地喝著酒……懶懶散散地坐在那裡，無所事事，渾身乏力……就像我在房間裡一樣……卻會突然跳起來，拿起一把刀就往外衝……在街上一直往前跑，往前跑，沒來由地往前跑……要是誰擋他的路，不管是人還是動物，就會被他手中的Kris（一種馬來短劍）捅倒在地，而血腥味只會加劇他的暴行……此外，他在狂奔時會口吐白沫，像邪魔附身地嚎叫……他會一直跑、跑、跑，絕不東張西望，眼睛只注視前方，發出淒厲的叫聲，血跡斑斑的Kris筆直地拿在面前，教人看得魂飛魄散……村民都知道，再厲害的東西也攔不住中了馬來蠱的人……只要有中蠱的人跑來，大家也只能互相警告，大聲驚叫『蠱！蠱！』然後躲得愈遠愈好……但中蠱的人什麼也聽不到，什麼也看不到，只是拚命跑，碰到什麼就砍什麼……直到像瘋狗似地被人打死，或自己筋疲力竭倒下為止，倒在自己口吐的白沫之中。

「我住在那棟平房的期間，有一天曾在窗口見過這種事……可怕到了極點……也因為我曾見過，所以瞭解自己在那幾個小時的狀況……沒錯，完全就是那種症狀……完全被一種瘋狂引導，目不斜視、充耳不聞地一直往前衝……衝去追這個女人……我根本不知道自己是怎麼辦到的，所有的事情都在瘋狂而急速的奔跑中發生，然後飛掠而過……我一知道這個女人的姓名、住處以及她的命運之後，不到十分鐘，不，是五分鐘，不，是兩分鐘……反正我很快就弄到一輛自行車，火速騎回我的住處，把一套西裝扔進皮箱，拿了點現金，開車趕到火車站……就那樣走了，沒向駐地長官報告，沒找代班醫師，任由家門敞開。我什麼都不管了……那些女僕圍著我，驚慌地問個不停，我也不回答，轉頭就走……我在火車站搭了進城的第一班列車……從這個女人踏進房間到我搭上火車，整整一個小時，卻足以讓我把一切拋在腦後，只顧衝衝衝，衝進空茫，如同中蠱的人……

「我埋頭向前跑……傍晚六點，火車抵達……六點十分，我已經在她門前請人通報……如此輕舉妄動，您也知道的，真是蠢斃了，我不得不承認，簡直是無理取鬧……只是中蠱的人一旦跑起來，什麼也看不清，只會盲目往自己的目標衝……幾分鐘之後，去通報的管家回來了……有禮但冷淡地說夫人身體有點不適，無法接待我……

「我踉蹌地走開了……心中卻還是抱著渺茫的希望，或許她會來找我。於是我在她的屋外打轉了一個小時……然後在海邊找了個旅館，帶著兩瓶威士忌進入房間……有了這兩瓶酒外加兩倍劑量安眠藥的幫助，我終於睡著了……雖然睡得並不安穩，卻是狂奔在生死之間的第一次休息。」

船上的鐘聲敲響了。整整的敲了兩下。鐘聲在如同死水的空氣中掀起了漣漪，盪漾的餘音隱沒在繼之而起、拍擊船身龍骨的水花聲裡。那輕緩的水花聲從沒停過，一直伴隨著這個人情緒波動的說話聲。我眼前這位坐在暗處的人，聽到鐘聲突然嚇了一跳，沒再說話。我又聽見手伸向酒瓶的摸索聲，又聽見細微的啜飲聲。不久，他似乎平靜下來了，重拾話題，聲調穩定地說：

「接著那幾個小時的事，我實在也無法對您多說了。如今回想，當時的我是在熱頭上。總而言之，是在一種瘋狂過度的亢奮狀態，就像剛才說的，我中蠱了。但別忘了，我到的時候是星期二傍晚，而我在城裡打聽到她的丈夫已經在從橫濱出發的大英輪船公司郵輪上，將在星期六抵達。這麼說，只剩三天不到的時間了，我必須在這三天內有所行動才救得了她。我知道我必須盡快幫她，可是您也知道，我甚至連對她說句話的機會都沒有。我一直想請她原諒我的冒失荒唐，原諒我的瘋言瘋語，我愈想愈躁鬱。我知道時間不多了，每一秒都彌足珍貴。我知道她正面臨生死攸關的難題，卻沒有機會接近她，連在她耳邊悄悄送上一句話、做一個手勢的可能都沒有，因為我喪失理性地緊追不捨，反而嚇到她了……就像是……怎麼說呢？……有了，就像是你緊追著某個人，急著警告他提防殺人犯，他卻把你當成凶手，只會逃得離你更遠，離不幸更近。我只不過是她眼裡一個中蠱的人，窮追不捨是為了凌辱她，可是我……可悲又可笑的是，我根本不再想那件事了……我早就不再自以為是了，我只想幫助她，為她效勞……為了能幫助她，我願意觸法，願意扼殺一條生命……只是啊，她毫不知情……隔天一早醒來，我立刻跑去她家，門前站了一個小男僕，就是那個被我一拳打在臉上的男孩——他應該是在等我——遠遠見到我便飛快地溜了進去。可能是去祕密通報我來了……可能吧……唉！那種狀況不明的滋味真是難熬，如同我現在仍為她承受的煎熬……我當時心存妄想，以為他們已經準備好要見我了……可是當我見到那男孩時，慚愧的記憶又回來了，我不敢再去找她，再重蹈覆轍……我在門口來來去去好幾回，雙膝顫抖……而當我沮喪地走開的時候，或許她也正在等我，也和我一樣飽受煎熬。

「在那個時候，我不知道還能怎麼做了。我在陌生的城市裡走著，發燙的土地燒烤著我的腳……忽然，我靈機一動，立即叫車趕去副總督家，就是不久前我在工作站急救過的那一位。我請了門房通報……副總督一見到我就露出詫異的樣子。他的態度雖然有禮，卻隱約有著擔心，想必我當時看來怪模怪樣……或許他看出我中蠱了……我突兀而堅決地對他說，我是來求他推薦我到城裡任職的，我再也無法待在那個崗位了，我活不下去了……我必須馬上調動……他看著我……那種神情實在難以描述……有點像醫生打量病人……『這是精神崩潰，親愛的醫生，這種狀況我再清楚不過了。』他接著說：『我們會安排的，不過，得等一等……大概需要四個星期吧……無論如何，我得先找到接替的醫師。』我回答：『我等不及了，一天都不能等。』他又詫異地看了我一會兒，嚴肅地說：『工作站怎麼可以沒有醫生！但是我答應您，今天就開始辦理這件事。』我咬牙切齒地待在原地，第一次清楚意識到自己是個任憑買賣的人，是個奴隸。我準備全力對抗，他卻先聲奪人，世故而巧妙地說：『您是離群索居啊，當然會生病的。我們大家可是驚訝得很，您怎麼從不到城裡來，從不休假。您需要社交活動和消遣娛樂。這樣吧，今晚就有個官員接待晚會，您就來參加吧。您會見到所有殖民地的重要人物，其中有不少人久仰您的大名，早就想認識您了。有人還常問起您，希望您能到城裡來哪。』

「最後一句話令我為之一振。有人問起我？會是她？我頓時變了個人，彬彬有禮地感謝他的邀請，保證準時出席。我確實準時到達，準時得過頭了。我當時迫不及待，成了出現在駐地大廳的第一個來賓。我待在那裡，那些光著腳的黃種僕人踮腳輕行，在我周圍來來去去，不作聲地忙著準備。大廳靜悄悄，連我背心口袋裡懷錶的滴答聲都聽得見。我是現場唯一的歐洲人，就我一個人，尷尬得不知所措，同時感覺得出他們在背地裡取笑我。大概過了一刻鐘，攜家帶眷的官員終於陸續抵達。不久總督也來了，拉著我講了一大串話，本來我的應對還算流暢得宜，直到……突然一股神祕的不安抓住我，我開始變得結結巴巴，亂了分寸。儘管我背對著大廳入口，卻能立刻感覺她走進來了。我實在說不出怎麼會那麼肯定她出現了，而且立刻心慌意亂。我繼續和總督交談，耳邊作響的是他的說話聲，心中猜想的卻是她會出現在背後的哪個地方。幸好總督很快結束談話，否則我想我可能會失禮地轉過身去，屏氣凝神地印證那吸引我轉身的神祕誘惑。那誘惑是如此熾烈，一如我想見她的渴望。果然，我一轉身就瞥見她正好站在我下意識預感的位置，一身鵝黃的舞會裝扮，裸露著柔嫩無瑕的雙肩，散發象牙白的光澤，正在一群賓客之間談笑風生。但她的笑容在我眼中卻似乎帶著幾許緊張。我向她走近，她沒看到我，說不定她是不想看到我。我望著那纖薄的唇，望著那嘴角漾起親切動人的微笑。那微笑使我困惑，因為……因為我知道那微笑是欺騙、是藝術、是本領，是純熟巧妙的遮掩實情。我想到今天是星期三了，丈夫搭的船星期六到，可是她……怎麼能夠笑得那麼……那麼安然無事、氣定神閒，還能隨興地把玩扇子，而不是提心吊膽得把扇子捏壞？至於我……我這個外人……兩天以來，一想到時間有限，竟比她更擔心害怕……我是個外人，活在她的憂慮不安裡，將心比心地承受她的恐懼，簡直到了近乎崩潰的地步……而她卻滿面春風地來參加舞會，在那裡笑著，笑著，笑著……

「後廳的樂聲揚起。舞會開始了。一位老軍官邀她跳舞，她隨即向圍成一圈閒聊的人告退，挽著軍官的手臂往鄰廳走去，正好經過我面前。她一看到我，臉部緊抽了一下。她認出了我，但我來不及在那一瞬之間決定是否主動和她打招呼時，她已經禮貌性地對我點了點頭，用泛泛之交的口吻說：『晚安，醫生。』說完便走遠了。誰也料不到那灰綠色的眼眸裡是有所隱瞞的，連我也不清楚了。她為何和我打招呼？……怎麼會一眼就認出我？……是為了防衛還是親近？或者不過是感到意外而尷尬的表現？

我留在原地，激動得無法形容，只覺得一再累積的壓抑情緒快爆發了。我看著軍官臂彎裡的她，若無其事地跳著華爾滋，額頭閃爍著冷光，一副泰然自若的模樣。儘管如此，我知道，她也清楚，我們心裡只想著那件事……在眾人之中只有我們兩人清楚那個驚人的祕密……而她正在旋轉舞步……這短暫的瞬間，我的憂慮、我的渴望、我的欽佩比之前更加劇烈。我根本無心留意是否有人在觀察我。無庸置疑，我的一舉一動所揭發的，多過於她能隱瞞的。因為我不得不盯著她看，她是我目光唯一的方向……就算我用盡力氣也無法移開視線。我遠遠望著她，看她是否有那麼一秒會卸下面具，往我這裡看一眼。我目不轉睛的注視必定使她感到不自在，因此當她和舞伴再次經過我面前時，狠狠地瞪了我一眼。那犀利的目光是在命令我離開，她的額頭又皺起高傲的細紋，那是我之前已經見識過的憤怒。

「只是……只是……如同我所說的……我就像個中蠱而橫衝直撞的人。但我立刻明白她是用眼神警告我：『收斂一點，別讓人看出來。』我懂我懂……該怎麼說呢？……她要我在大庭廣眾之下低調謹慎……而且我能料到，如果我馬上回去，隔天必定會得到她的接見。有我在場……有我在現場……萬一表現得過於熟稔或失態，那麼她就受到了威脅。沒錯，她的擔心是對的，她擔心我會冒冒失失地讓場面失控……您看，我清楚得很，完全明白從那灰綠色眼眸所發出的命令。但是……要克制自己，太難了，我非要跟她說到話不可。她和一群人圍成一圈，說說笑笑，我蹣跚地往那群人走去，雖然其中有幾個人是我認識的，但我無意加入談話，我只想聽她的聲音。每當她的眼神瞄到我時，我就像挨揍的狗，畏畏縮縮地低下了頭。偶爾她冰冷的目光從我身上掠過時，我就像大廳的門簾被風掃過似地微微晃動。但我沒轉移位置，我仔細聽著她說的每一句話，渴望有一句話會是機伶地對我有所暗示。人群中的我，兩眼直視，成了立在那裡的一個石碑。是啊，這種模樣當然會嚇到人，因此沒有一個人會和我說話。我的在場是那麼荒謬，她必定為此苦不堪言。

「我就那樣站著，不知過了多久……恐怕有一輩子吧……我的心智已經走火入魔，根本擺脫不了。偏執使我全身癱瘓，動彈不得……她終於無法忍受了，忽然輕盈曼妙地旋轉一圈，對所有人說：『我有點累了……今晚想早點休息……晚安！』同時也淡淡地對我禮貌性點頭致意……我看著她額頭又皺起的細紋，看著她轉身，望著她又白又嫩的裸背漸行漸遠。等我回過神來，她已經離場，離開我的視線……我才意識到，要是今晚沒和她說到話，就會錯失幫助她的最後機會了……這事實令我又一動不動地愣在原地……於是……於是……

「請等一下……讓我先稍作補充……否則您是不會明白我接下來的舉動有多唐突、多可笑……我得描述一下現場……那是駐地非常豪華的招待所，大廳燈火通明，寬敞得近乎空蕩……有舞伴的又回到了舞池，不少男人也玩牌去了……只剩三三兩兩的賓客在角落說話……整個大廳空蕩蕩的……明亮的燈火下，一舉一動都會引人注意……而她不疾不徐，腳步輕巧地走過寬敞空蕩的主廳，不時向人致意。那動人的倩影真是難以形容……我著迷了，看呆了，就像之前說的，整個人癱在原地，一時之間沒想到她就要離開了……當我反應過來時，她已經在大廳的另一端，已經走到了門口……於是……啊！……我今天說起這件事都還會臉紅……不曉得我是哪根筋不對勁，竟然拔腿就跑了起來——您懂嗎？我不是用走的，而是跑過去——跟在她後面跑，我的鞋跟震得整個大廳嗡嗡作響。我聽到自己的跑步聲，看到其他的賓客紛紛驚訝地轉頭看著我……丟臉丟死了……我的舉動真是瘋狂到了極點，我心中雖然清楚……卻無能為力……因為我不能回頭……我在門口追上她……她回過身來……她瞪著我的目光和鋼刀一樣鋒利。她氣得鼻翼鼓動著……我溫吞地想開口時……她卻忽然笑出聲來……笑得那麼自然、真誠而且響亮……響亮得大家都聽到了……她說：『啊，醫生，您到現在才想起來要給我小兒子的處方箋啊……真是的！您們這些科學家……』附近幾個人也好心地笑了起來……我懂我懂……這個女人老練地化險為夷，扭轉了局面。我佩服得無話可說……我從皮夾裡找出小紙本，撕下一張白紙，她泰然自若地接過去，然後轉身離開，只留下一個……一個略表謝意的冷笑……我突然鬆了一口氣……幸好她的態度冷淡，得以彌補我失常的舉動，挽回了情勢……我卻同時也瞭解到，一切都搞砸了。我的瘋狂行徑足以使這個女人深惡痛絕，比死還令人痛恨……從今以後，就算我登門叩見，再怎麼敲她的門，她也只會把我趕走，把我當成一條狗。

「我意興闌珊地走回大廳……我發現大家盯著我看……我一定看起來怪模怪樣……我走到餐點桌，喝起白蘭地，兩杯，三杯，四杯，一杯接一杯……只有這樣我才撐得住……我的神經似乎斷裂了，無法感應了……然後我從側門偷偷溜出去，像個闖禍的人……就算世上再有權有勢的人，也無法叫我再走一次她的笑聲依然在四壁迴盪的大廳……我離開了……卻不清楚究竟去了哪裡……只知道我在一家小酒館裡不停地喝酒……就像那些想要清除所有知覺的人一樣地灌酒……可是……我的知覺卻老是那麼清晰……那笑聲，那刺耳的笑聲狠狠地嵌進我的腦袋……那該死的笑聲，怎麼壓都壓不下來……之後我走到港口那一帶晃蕩……手槍留在房裡，要不我真想當場讓自己一槍斃命。想著想著，我走回了旅館，一路只想著一樣東西……想著那把槍，那把擺在書櫃左邊抽屜裡的槍。

「至於我後來怎麼沒開槍呢？我向您保證，絕非是我臨陣脫逃……扣下冰冷的板機，對我反倒是一種解脫。只不過……我該怎麼解釋呢？……我感到自己還有一個義務……沒錯，救人的義務。就是這可惡的義務……我一想到她可能需要我，啊，想到她會需要我，我就心神不寧……我回到房間時，已經是星期四的黎明。而星期六……我之前說過的……船就要在星期六入港。我知道一旦醜聞公開，這個高傲倔強的女人就不會想活下去。啊！想到時間被我沒頭沒腦地一再蹉跎，想到自己一再錯失即時救人的機會，真是痛苦哪……我在房裡來回踱步了好幾個小時，我向您發誓，是的，好幾個小時。我一直想著如何接近她，如何彌補一切，如何救她，我絞盡腦汁地想辦法……因為我十分確定她絕不會讓我踏進她家門一步……她的笑聲還會使我的神經顫抖，我不斷看見她氣得鼓動的鼻翼……一小時又一小時過去了。是的，整整好幾個小時，我只能在三米的小房間裡踱步……天色已經大亮，晨光已經來臨。

「我猛然撲到桌前，拿出信紙開始寫……毫不保留地寫信給她……我是一隻哀號乞求的狗，我在信中請求原諒，說自己是瘋子，是有罪的人……我衷心請她信任我……我對她發誓，幫了她之後，我馬上就離開這個城市，離開殖民地，只要她願意，我甚至可以離開人世……她只需要原諒我，信任我，讓我幫助她。現在是關鍵時刻，刻不容緩……我心焦如焚地寫了二十頁信紙……那封信寫得瘋狂到了極點，等我從桌前站起來時，已經是汗水淋漓、全身溼透……我感到天旋地轉，勉強喝杯水才鎮靜下來……然後我把信重讀一遍，才讀到第一句話便又開始暈得發抖……我顫抖地折好信紙，準備裝進信封的那一剎那……我突然一陣抖擻，想到該補上最切中要點的話，於是又抓起鋼筆在信末附注：『我在海灘的旅館靜候您的寬恕。若傍晚七點仍無回音，便舉槍自盡。』

我拿著信，按鈴叫來服務生，交代他務必立即送達。終於，我什麼話都說了——而且說到底了！」

我們身旁響起了杯瓶打翻的滾動聲。他一個激動的手勢，打翻了一瓶威士忌，我聽得出他的手在地上摸索酒瓶，接著一把抓住瓶身，發現瓶子空了又順手扔到船外。他停頓了幾分鐘之後，突然一股勁地把話說下去，說得比之前更衝動、更焦慮：

「我不再是基督的信徒了……對我而言，沒有天堂，沒有地獄……如果真有地獄，那麼我度過的那幾個小時，恐怖得不下於地獄……您想想看，我待在被正午的太陽烤得如同煉獄的房間裡……從中午一直等到傍晚……在那窄小的房間裡就只有一張床、一張椅子、一張桌子，而桌上擺的就只有一個懷錶和一把槍，還有桌前的一個男人……一個只盯著桌子、只盯著懷錶秒針的男人……不吃不喝不抽菸，動也不動……就只是一直……持續三個小時地盯著那白色的小秒圈，盯著滴答滴答繞著錶圈轉的小秒針……我就那樣……熬過了一整個白天，什麼也不做，就只是等，等，等……但不是安靜地等，而是一個中蠱的人在等。無法思考，人身獸心，用癲狂而偏執的目光死盯著前方。

「算了……沒必要描述那幾個小時了……也不可能說清楚的……連我自己也無法明白，一個人怎麼能那樣活下來，而沒有……沒有瘋掉……到了……到了三點二十二分時，我記得非常清楚，因為我的眼睛沒離開過懷錶……突然有人敲門……我驚跳起來，像個老虎撲向獵物般縱身一跳，衝到門前，猛然打開門……站在外頭的是一個怯生生的中國男孩，手中拿著折好的紙。我饑渴地一把搶過來時，他已經閃得不見人影。

「我著急地把紙條打開來讀……但我辦不到……我頭昏眼花，只看到一片紅光黑影……請想像我那時的痛苦。好不容易，好不容易等到她的隻字片語……而那些字卻在我眼珠子裡漂浮旋轉……我把頭埋進水裡……視力總算稍有回復……我重新拿起那張紙，讀著：

「『太遲了！但仍請在房裡等候，也許還有勞駕的時候。』

「那是一張隨便抓來的舊傳單，皺巴巴的，潦草的鉛筆字寫得很匆忙，沒有署名……這張紙使我莫名地開始憂心忡忡。照理說，那字跡應該是更工整一些的……其中隱含某種費解而不祥的訊息，似乎是在逃難中寫的，也許是站在窗臺前或坐在車子裡寫的……從這張紙隱含某種難以形容的訊息裡，神祕地溢出了不安、倉促與恐懼，全都滲入我的靈魂，教人不寒而慄……然而……我卻又同時喜出望外，她總算寫信給我了，我還不該死，我還可以幫她……也許……我還能……喔！我簡直得意忘形，想入非非……上百次，上千次，我一次又一次重讀那紙條，親吻那紙條……一再留意是否還有遺漏的字……我墜入深沉的夢境，愈來愈虛幻不真，簡直是睜著眼睛在睡覺……整個人鬆鬆軟軟的，猶如夢寐之間的心思，既沉重卻又靈動。這種狀態持續了十幾分鐘，或許也持續了好幾個小時……

「突然，我驚醒過來……有人敲門？……我屏氣凝神……一分鐘，兩分鐘，無聲無息……然後又傳來細微的聲響，好像有老鼠在咬什麼，又是一聲清脆而輕微的敲門……我衝到門前，頭還暈著，硬撐著把門打開……我看到外頭站著一個男僕，是她的僕人，是那個被我打得鼻青臉腫的小男孩……他那褐色的臉變得慘白，慌張的眼神已經預告了不幸……我一時慌了手腳……口吃地問：『發……發生了什麼事？』『Come quickly!（快來！）』他回答……沒再多說……我立刻衝向樓梯，他緊跟在後……大門口已經等著一輛Sado，一種小型汽車。我們上了車……『發生了什麼事？』我又問他……他發抖地看著我，緊抿著嘴，一句話也不肯說……我又問了一次，他不說就是不說，我又想一拳揮向他的臉，可是……他對她如同狗一般的忠誠感動了我……我不再多問了……小車飛快地在擁擠的巷弄間穿梭，沿途路人咒罵連連，紛紛走避。車子火速駛離海濱的歐僑區，過了低地之後愈開愈遠，進入雜亂喧鬧的華人區……最後轉進一條偏僻的窄巷……終於在一間矮房前停了下來……房子很髒，自慚形穢似地萎縮成一團，前房的小店鋪亮著燭光……像這種昏昧不明的小店鋪，不是偷偷摸摸的鴉片煙館就是妓女戶，要不就是賊窟或窩藏地頭蛇之類的地方……小男孩急忙敲門……門後有人低聲一再盤問……我按捺不住了，跳下車直接撞開半掩的門。一個中國老太婆細聲尖叫地逃開……小男孩跟著我，指點我穿過甬道……然後他推開了某個房門……陰沉的房間裡瀰漫酒臭與血腥味……傳出痛苦的呻吟聲……我摸黑走了進去……」

他的聲音再度打住。接著，他的聲調不再像是說話，而更像是啜泣。

「我……我摸黑地往前走……看到……看到骯髒的草蓆上……躺著一個痛苦呻吟的人……扭曲得不成人形……是她躺在那裡……我看不清她的

臉……太暗了，我的眼睛一時還無法適應……我只好用手去摸……我碰到她的手……很熱……是發燒……燒得很嚴重，燒得像火一樣……我在打冷顫……我這時完全明白了……她是在躲我，她逃到這裡……任憑一個來路不明的髒老太婆動刀下手，只因為這種地方能守得住隱私……她情願讓一個惡女巫來殘害自己，也不肯依賴我……因為我是個狂人……因為我不願容忍她的傲慢，不能即時幫助她……因為我比死更教她害怕。

「我大聲吼叫，要人點燈。小男孩趕緊找人，那可惡的中國老太婆捧著冒煙的煤氣燈來，兩手抖個不停……我耐住性子，免得撲向那個人渣，勒住那黃皮膚的脖子……燈擺到了桌上……暈黃的火光落向那受難的身體……那一瞬間……那一瞬間，我不再心慌意亂了，不再憤怒難耐了，所有積壓成垢的繁雜思緒都已經消散……我又是一個可以救助人的醫生了，又成了一個有本能、有知識的人……我忘卻個人情緒……我心神合一、思路清晰地與邪惡對抗……在我夢中渴望過的裸體，此刻對我而言……怎麼說呢？……只是一種素材，一個器官……躺在我面前的不再是她，而是一個抵禦死神的生命，一個在致命的痛苦中煎熬、扭曲的身體……她的血，她那溫熱而神聖的血流到了我的手，但不再激起我的欲望或恐懼……我只是個醫生……我只看到她的痛苦……我知道……

「不久我就知道一切都完了，除非奇蹟出現……那笨拙的手，那有罪的手，已經毀了她，她已經失血過半……在這惡臭的棚屋裡，找不到任何可以止血的東西，連乾淨的水都沒有……任何東西，任何我碰到的東西全都沾粘帶垢……

「『馬上送醫院！』我話才說完，那受難的身體便痙攣地撐起來。『不……不……寧願死……也不要讓人……讓人知道……去我家……回家……』

「我明白了……她不再為了保住性命而撐下去，而是為了保密，為了挽救她的名譽……我，我妥協了……我們扶她躺進小男孩弄來的擔架……

那情景……就像把屍體送上擔架，一個早已虛弱無力、意識昏迷的軀體……我們抬著她穿過黑夜……進到了她家……我避開那些可能驚嚇追問的傭人……小偷似地把她抬進房間，關上門……接下來便是搏鬥了。漫長的搏鬥已經展開，為了對抗死亡……」

突然，一隻手猛力抓住我的手臂，我又怕又痛，幾乎要大叫出聲。暗處那張鬼魅般的臉逼向我，突然露出白牙，一對圓眼鏡片映著月光，像巨大的貓眼閃閃爍爍。他不再是說話，而幾乎是怒吼：

「所以哪，像您這種環遊世界的遊客，您悠閒地坐在甲板的躺椅上，您能瞭解眼睜睜看著一個人死去是什麼感受嗎？您親眼見過嗎？您看過身體是如何抽動萎縮、青黑的指甲如何向空中緊抓、咽喉如何嘶沙作響，四肢如何掙扎？每一根手指為對抗恐懼而僵直，驚恐中的眼珠最後凸了出來。那種可怕根本無法形容，您看過嗎？看過嗎？您這個環遊世界的閒人，口中說著助人是一種義務，但您可曾有過這種經歷？我是醫生，見過許多死人，我把它當作是……醫學案例，視為一個事實……也可說是某種研究……但在那個夜裡，我卻是唯一一次體驗了死亡……整夜的夢魘中，我在感受死亡，分擔痛苦……整夜的煎熬中，我坐在那裡挖空心思地想著止血、退燒、逼退死亡的方法。總有什麼東西是我能發現、能找到、能發明的吧！我眼看著血一直流一直流，高燒正在銷毀那個身體，死亡愈逼愈近，我卻不可能把死亡從床上趕走。您能明白嗎？一個醫生必須通曉疾病，而且如您清清楚楚所說的，要有助人的義務，到頭來卻無能地守在床邊，明知眼前的女人快要死了，卻束手無策……只知道一個恐怖的事實：救不回來了，救不回來了。就算你把自己的血管全拔給她也沒用了。看著不幸的血從心愛的身體裡流出來，看著那身體受苦受難，感覺到你指頭觸摸下的脈搏短促而孱弱地跳動……漸漸沒了聲息……身為醫生卻束手無策，救不了，救不了，救不了……我只能像教堂裡見到那種乾癟的老婦人一樣，坐在那裡喃喃祈禱。明知悲憐的上帝並不存在，卻還是要握緊拳頭衝著祂……您明白嗎？明白嗎？……只有一件事是我不明白的，怎麼……怎麼自己竟然沒有當場跟著死去……卻在隔天照舊醒來，刷牙洗臉，打好領帶……怎麼歷經這麼艱難的一夜，卻還可以活下去？為了救回奄奄一息的人，我在搏鬥，我在對抗，全心全意，竭盡所能……卻還是感受到那微弱的氣息終究從我指尖溜走……溜向了未知。那氣息一分鐘接著一分鐘地愈滑愈快，我挽回不了，再怎麼心焦如焚也挽回不了。我沒能抓住一條人命、一個生命……

「還有一件事加倍了我的苦難……為了減輕她的痛苦，我替她注射了嗎啡。我坐在床邊，看著那平靜下來的面容，看著那發燙而雪白的臉龐，而在這個時候……就在這個時候，我感覺到背後有雙眼睛一直膽怯地盯著我……那蹲在地上的小男孩低聲唸著我聽不懂的禱詞……當我們眼神交會時……算了，我形容不出他那種……那種哀求得像小狗的眼神。他的眼神是那麼的懇切……那麼的感恩……他看著我的同時，對我伸手祈求，默不作聲請我救他的女主人……您懂嗎？他把手伸向我，好像把我當成了神……而我卻無能為力，知道回天乏術了……我坐在那裡，幫不上忙，和地上疾走的螞蟻沒兩樣……啊！他的眼神帶著期許與希望，一昧信任我的醫術，這樣只會使我備受折磨……使我難受得想對他大吼大罵，把他踹在腳下……然而，我們對她的愛……以及共有的祕密，把我們兩個連結了起來……他動也不動地在我背後蜷縮成一團，像個潛伏的動物……我一開口要什麼東西，他那赤裸的腳立刻無聲地跳起來，十萬火急地去拿，雙手顫抖地交給我……彷彿每一樣東西都能救命……我知道，只要救得了女主人，他願意切開自己所有的血管……他的忠心顯出這女人對人的影響力有多麼大……而我……我連挽回她一滴血的能力都沒有……喔！那一夜，那可怕的一夜，那存在於生與死之間的漫漫長夜！

「黎明將至，那時候她又醒過來一次……睜著的雙眼……不再高傲冰冷，而是……閃著高燒不退的火光，迷迷濛濛的，陌生人似地茫然望了房間一眼……然後看著我，她似乎在思索，似乎想認出我的臉……忽然……我發現……她想起來了……因為她的表情頓時露出惶恐和抗拒……而且帶著敵意……她的雙臂在掙扎，似乎想要……遠遠地、遠遠地躲開我……我看得出她想到了那件事……想到最初的時候……但她若有所思地平靜下來……呼吸困難地看著我……我覺得她有話要說，有事要交代……她吃力地想要用手撐起身體……但她太虛弱了……我安撫她，靠向她……她悽苦地看著我，久久，久久……嘴唇微微顫動……聲音猶如殘燭，稀微的火光才一亮起便已熄滅：

「『不會有人知道？……不會有人……』

「『不會有人知道的！』我盡可能使她安心：『我向您保證。』

「但她眼神中的憂慮並未消失……她那熱燙的雙唇終於費力地擠出話來，聲音幾乎聽不清楚：

「『發誓……不會有人知道……發誓……』

「我像宣誓般舉起手。她細細地看著我……難以形容的眼神……那是柔美、溫暖、感謝的眼神……是的，是真心的感謝……她還想補上什麼話，但已經力不從心。她已經努力過了，心力交瘁地閉上了眼睛，身體一直緊繃著，久久，久久……

「最壞的時刻終於開始了……整整一個小時，那最黑暗的一小時，她持續苦撐著。曙光乍現，一天才要開始，她已經到了盡頭……」

一片靜默。直到甲板上的鐘聲劇烈敲出一聲、兩聲、三聲，我才發現他已經沉默了很久。三點了！月光變得更加蒼白，可是空中已經隱隱約約露出暈黃的光，隨著海風的歎息輕輕浮動。再過半個小時，半個小時之後，天色就要大亮了。此時此刻，曙光已經抹去了陰霾，他的面孔顯得更清楚了一些，我們這個角落的夜色不再濃重幽黯了！他脫掉帽子，光滑的頭顱下，那張飽受折磨的臉顯得更嚇人。那一對閃著反光的眼鏡片再度轉向我，他挺直了身體，說話聲再度響起，譏諷而犀利：

「她是走到了盡頭，而我……卻還得走下去。我獨自一個人守著屍體，在陌生的房子裡，在不受祕密之苦的城市裡，而我……我必須嚴守祕密。您不難想像得到我的處境，一個屬於殖民地上流社會的女人，健健康康地，前天晚上還在晚會中翩翩起舞，卻突然死在床上……守在她身邊的又是個不曾來往的醫生，據說是僕人找來的……沒有人清楚他什麼時候進門的，從哪裡來的……只知道女主人是在夜裡被擔架抬回來的，然後房門被鎖起來……到了早上，她就死了……這時候才叫醒所有的僕人，整個屋子立刻充滿哭聲……一轉眼，鄰居也知道了，整個城市都知道了……卻只有一個人必須說清楚這整件事……那個人就是我，一個外地人，一個偏遠工作站的醫生……這種處境簡直是太奇妙了，不是嗎？

「我清楚自己將面臨的是什麼。幸好有那個男孩陪著我，那個好孩子懂得我的每一個眼神。連他這個沒見過世面的黃種小僕人都明白，還有一場硬仗要打。我只對他說：『你的女主人不願讓人知道所發生的事。』他那小狗般的雙眼噙著淚水，直視我的眼睛，堅定地說：『Yes, Sir.（是的，先生。）』沒再多說一個字，卻把地板上的血跡清得乾乾淨淨，盡力把房間回復原狀。他的堅毅也使我找回了自己的堅強。

「我變成全神貫注的人，這輩子從沒那樣過，而且知道以後也不可能了。當人失去所有的時候，再絕望也要做出最後一擊，以保住僅剩的東西。而這僅剩的東西便是她的遺願——那個祕密。我鎮靜地與不同的人應對，始終如一地說著虛構的事，說這個小男孩聽從女士的命令去找醫生，卻碰巧在路上遇到我。在我與人應對的沉著外表下，心中卻在等待……我一直等一個關鍵性的人物出現……那個法醫，他來了之後才能入殮，棺材才能永遠地封鎖她和她的祕密……那天是星期四……別忘了，她的丈夫星期六抵達……

「九點鐘，有人通報官方法醫到了。是我找人請他來的，他是我的上司，也是對手，就是之前她不屑提到的那位醫生。想必這個醫生已經知道我越級請調的事，第一眼看到我就有了敵意，但這只會加強我的戰鬥力。

「他一走進前廳就質問：

「『是幾點鐘……』他直接稱呼那女人的姓氏與頭銜：『過世的？』

「『凌晨六點。』

「『她幾點找您過來的？』

「『晚上十一點。』

「『您知道我是她的指定醫生？』

「『知道，但時間緊迫……而且死者指名找我。她拒絕找其他醫生。』

「他斜睨著我，白胖而略微浮腫的臉一陣通紅，看得出發火了，而這正是我需要的。我全神貫注，只想速戰速決，因為明白自己的神經撐不了太久。他要發動攻勢，於是故作輕鬆地說：『既然您認為可以越過我行事，但我卻有合法的義務，必須檢驗她的死因，並且要知道……怎麼發生的。』

「我沒有回應，讓他繼續往前走，我跟在後方，一進到房間，我便把門鎖上，把鑰匙放在桌上。他驚訝地挑著眉毛。『這是什麼意思？』

「我若無其事走到他眼前：

「『在這裡，要確定的不是找出死因，而是——編出死因。這位女士之所以找我過來，是為了挽救不幸失敗的手術……我沒能保住她的生命，但答應保住她的聲譽。這就是我接下來要做的，而且還得請您協助我。』

「他驚瞪著眼睛。『您指的該不會是，』他吞吞吐吐：『要我這樣一個官方醫師在這裡湮滅罪惡？』

「『沒錯，這就是我要的，而且非要不可。』

「『要替您脫罪，我可是會……』

「『我已經說過了，我沒碰這位女士，否則……我老早就自我了斷，現在也不會站在您面前了。她已經為犯下的過錯——如果您非要這麼說的話——付出了代價。其他的人一點也不需要知道實情。從現在起，我不允許這位女士的名聲受到於事無補的汙衊。』

「我的語氣強硬篤定，反而更加激怒他。『您不允許？……喔……想必您已經成為我的上司了……要不就是至少您是這麼以為的……所以才會命令我……您一出現，我就料到其中必定有什麼不乾不淨的事，才會把您從偏僻的洞裡請出來……您果然幹得好，乾淨俐落，有模有樣……幹得漂亮……只不過現在負責調查的人是我，負責簽字的人是我。您大可放心，我從不替謊言背書，我的報告絕對正確無誤。』

「我異常平靜。

「『會的……您會背書的，因為在背書之前您是走不出這個房間的。』

「說著我把手插進口袋。我身上並沒有帶槍，可是他在發抖。我向他跨前一步，緊盯著他。

「『聽好我要對您說的話……免得大家走上絕路。既然我已經走到這一步，自己的性命不重要了……至於別人的性命，也差不多……重要的只有一件事：遵守承諾，繼續為死因保密……請聽清楚，我以性命擔保，只要您開出死亡證明，就說這位女士是……意外猝死，我一星期內離開這個城市，遠離殖民地……如果您覺得必要，我甚至可以舉槍自盡，條件是必須等我確定棺材已經入殮，而且沒有人……您聽清楚了，沒有人繼續追究這件事。話說到此，我想，您應該滿意了——您也必須滿意。』

「我的聲調必定具有某種使人畏懼的威脅力，況且說話的同時，不由自主地步步向他逼近。他就像那些人見到中蠱的人持刀狂奔而來一樣，猛然往後閃開，一臉驚恐……他忽然變了一個人……變得心虛、六神無主……原本絕不妥協的姿態也軟化了。他最後的反抗，不過是空洞而喃喃地說：『這是我生平第一次為假證明背書。好吧，總會找到辦法的……大家也知道事情不簡單……我總不能二話不說就簽名吧……』

「『當然不能，』我隨即附和，好讓他更安心——（我的太陽穴就像時鐘滴答滴答地催促著：『快啊！快啊！』）——『要是您瞭解到，不這麼做只會使一個活著的人蒙羞，使一個死去的人背負可怕的罪名，那麼您就不會有所遲疑了。』

「他點頭同意。我們往書桌走去。幾分鐘之後，證明書寫好了（隨即在報上發表，頗具公信力地歸結於心臟麻痺）。然後他站起來，看著我：

「『您一星期內就會離開，對吧？』

「『言而有信！』

「他又看著我，這一次我注意到他想表現出是個有辦事能力的人，並且為了掩藏自己的尷尬，他說：『我馬上著手安排入殮事宜。』但我聽了心裡卻有種……難過，不捨的難過……他忽然對我伸出手，流露出突兀的友善，對我說：『您多保重。』我不懂他話中的意思。是我病了？是我……瘋了？我陪他走到門口，替他開門，我只剩下能在他背後把門關上的力氣。我的太陽穴又跳動了起來，眼前的一切都在搖晃旋轉，我倒在她的床前……就像……就像中蠱的人一樣，狂奔到最後一蹶不起，神經斷裂，不省人事。」

他的話又打住了。我感到有點冷。這股冷顫是來自輕輕掠過輪船上空的晨風？此時，在晨光隱約映照下，看來更為清晰而痛苦的臉又緊繃了起來：

「我究竟在蓆子上躺了多久？不清楚了。後來有人碰了碰我，我猛然驚跳起來。是那個靦腆的男孩，恭敬地站在我面前，不安地注視著我：

「『有人想進來……想看看她……』

「『誰都不可以進來……』

「『是……不過……』

「他欲言又止，眼神倉皇，不敢多說話。這個忠誠的小動物正承受某種折磨。

「『是誰？』

「他發抖地看著我，一副擔心被揍的模樣，接著才開口，卻什麼名字也沒說……這種低下階層的人怎麼會忽然這麼懂得人情世故？這種毫無見識的人怎麼會瞬間表現出這麼貼心的柔情？……他戰戰兢兢……戰戰兢兢地說：

「『是他。』

「我跳了起來，我一聽就懂。頓時之間，我迫不及待地想要認識這個人。因為……多麼奇怪哪……渴望與焦躁交纏的煎熬之中，我心煩意亂得竟然……完全忘了『他』……忘了還有一個和這件事有牽連的人……他曾被這女人所愛，他曾讓這女人熱情給出了不肯給我的……十二個小時前、二十四個小時前，我會恨死這個人，要他碎屍萬段……但在這時候，我卻有說不出的迫切想見他，想……愛他，只因為這女人愛過他。

「我一口氣衝向門口。門外站著一位金髮軍官，很年輕，很瘦長，很蒼白，舉止非常生澀……氣質像個男孩……那樣的青春……是如此的……如此的動人……看著他努力掩飾慌張，勉強做出男子氣派的模樣時，我當場對他有了莫名的感情……他一舉手脫帽，我便發現他的手在發抖……我想要擁吻他，真心真意地擁吻……因為他完全符合我心中的期待，完全配得上擁有這個女人……不會花言巧語，不會自以為是……一點都不會，而是個純真溫柔、初長成人的青年，一個能讓她獻身的人。

「這位年輕人站在我面前，手足無措。我好奇的注視、熱忱的迎接只會使他更不知所措，使他那唇上輕顫的小鬍鬚洩漏了內心的波瀾……這個年少的軍官正在克制自己，深怕痛哭失聲。

「『抱歉打擾了，』他總算說話了：『我希望能再看一眼……再看最後一眼……女士。』

「我不知不覺伸出手臂搭在他肩上，情不自禁摟住了這個素昧平生的人，領著病人似地將他帶進房裡。他深感意外地看著我，柔和的眼神流露無限的感激……從那一刻起，我們兩人都明白彼此是同路人了……我們走向已經離世的人……她安息著，雪白的身體覆著白麻，我感覺得出有我在一旁只會使他更壓抑難過……於是我往後退，留他獨自和她相處……他緩緩向前靠近，每個腳步都是那麼艱難、那麼沉痛……我從他的雙肩看出他的震驚與心碎……他走著，彷彿……彷彿即將面臨一場風暴……他突然跪倒在床前，正如我之前那樣的……潰不成形。

「我立刻衝向前去扶他起來，攙著他在椅子上坐下。他不再難為情，所有的悲傷都化成了一場痛哭。我無言以對，下意識地撫摸他那孩童般柔細的金髮。他握著我的手……意味深長而又心事重重……我突然感受到他緊盯著我的目光：

「『醫生，請對我說實話，』他吞吞吐吐…『是她自己動手的嗎？』

「『不是。』我說。

「『這麼說……是有人……有人害了她？』

「『不是。』我又說了一遍，心中卻一直對他哭喊：『是我！是我！是我！……還有你！……是我們兩個！還有她的倔強，她那害死人的倔強。』但我忍了下來，僅僅重複地說：『不是，不是誰的錯……而是當地人說的劫數難逃吧！』

「『我不相信這種說法，』他泣不成聲：『我就是沒辦法相信。她前天晚上還在舞會裡對我微笑，對我揮手示意。這怎麼可能？怎麼會發生這種事？』

「我編了一段很長的謊話。即使面對的人是他，我也要謹守祕密。接下來的幾天，某種心照不宣的情感把我們彼此連結在一起，使我們相處得像兄弟一樣……我們兩人卻又在這心照不宣之中，細微地感到彼此的生命牽繫著同一個女人……不只一次，話已經到我嘴邊，卻又讓我咬緊牙地嚥了下去。他永遠不會知道這個女人懷了他的孩子——屬於他的孩子，一個原本會死在我手中、如今被她帶入無盡深淵的孩子。然而，我們的話題就只關於她，尤其是我躲在他家的那幾天……因為——喔！我忘了對您說起這一段——大家都在找我……她的丈夫回來的時候，棺材已經入殮……他不肯相信檢驗報告，各種傳聞滿天飛……所以他要找到我……但我無法見他，因為我知道這個女人為他受過苦，要是見到他，我會受不了的……我躲了起來……四天四夜，足不出戶，屋子裡就只有我們兩個人，誰也沒走出家門一步……為了能讓我逃走，她的情人用化名替我弄到一個艙位……我和小偷沒兩樣，只能三更半夜溜到甲板上，免得碰到認出我的人……我什麼都沒帶走……房子、八年的工作、所有的財產都放手不管了，誰要就拿去吧……政府當局的老大必定把我除名了，因為我沒告假就擅離崗位……反正在那房子裡，在那城市裡，在那一景一物都使我想起她的世界裡，我是活不下去了……我像個小偷似地半夜逃走……無非是為了擺脫她……無非是為了遺忘……

「只是……等我上了甲板……夜裡……午夜……我的朋友陪著我……

偏偏……偏偏……就在那個時候，他們用旋臂纜繩吊起某種東西……又黑又方……是靈柩……您聽到了，是她的靈柩……她追我追到了這裡，就像我緊緊追趕過她……我不得不假裝是路人般目睹那一幕，因為在場的還有那個人——她的丈夫……他要護送靈柩到英國……說不定要在那裡開棺驗屍……他再度占有她了……她現在又屬於他的了……不再屬於我們……屬於我們兩個人……但我一直都在……我要一路跟著她，跟到底……絕不讓他發現什麼，絕不……我要抵制任何檢驗，我要為她的祕密捍衛到底……我要對付這個促使她逃向死亡的混帳……他休想知道什麼，休想……她的祕密歸我所有，只屬於我一個人……

「您現在懂了吧……懂了吧……懂了為什麼我見不得船上的人……聽不得他們眉來眼去、成雙成對的那種笑聲……因為在這下面……在貨艙裡，一捆捆茶葉和巴西果之間，躺著她的靈柩……貨艙上鎖了，我不可能進得去……但我知道她就在這裡，我所有的感官時時刻刻都能覺察到她就在這裡……而大家卻在這裡跳華爾滋、跳探戈……夠蠢的了，大浪一掀，就可以捲走百萬條性命，腳步一踏，每一步土地裡就有一具正在腐化的屍體……但我就是受不了，我受不了有人歌舞昇平，有人嬉鬧淫笑……我感應得到死去的她，我知道她要我做的……我還有一個義務未了，我知道……我的大限還沒到……她的祕密還不安全……她還沒讓我自由……」

一陣騷動從輪船中段傳來，是拖曳的腳步聲和拍擊聲，水手已經開始刷洗甲板了。他像受到重擊般嚇了一跳，緊繃的臉露出慌張的表情。他站了起來，喃喃地說：「我該走了……我該走了……」

他那抱歉的眼神看了令人難過，浮腫的眼睛泛紅，也許是因為喝了酒，也許是因為淚水。他回絕了我的好意——我從他低聲下氣的模樣感受到他無限的愧咎，愧咎於違背心意地在黑夜裡對我傾訴。我情不自禁說：

「不介意的話，我想在下午到艙房去探望您。」

他看著我，嘴角頑強地露出幸災樂禍的苦笑，某種邪惡的東西把他的每一句話都擠壓得扭曲變形：

「是啊……助人為樂是您了不起的義務……是啊……就是您有這種道德觀才搞得我說了一堆話。謝了，先生，不用勞駕了。我現在已經對您掏心挖肺得連狗皮倒灶的事都說了，但別以為這樣一來我會輕鬆好過些。我的生命毀了，誰也補不回來……對那個光榮的荷蘭政府，我的效勞全都白費了……退休金沒了，我回到歐洲，只能窮得像條狗而已……一條跟在棺材後面嗚嗚咽咽的狗……中蠱的人跑到後來是不會有好下場的，最後總要被人擊斃。至於我，但願我的大限也不遠了……先生，不用勞駕來看我了，謝謝您的好意……我的艙房裡還有一些好伙伴……經常能安慰我的是那好幾瓶又老又醇的威士忌，還有一位可惜我沒及時請來扭轉局面的老朋友——勇敢正直的白朗寧手槍……有了它的協助，比說上一大堆話更有效……請您不用勞駕了……一個人僅剩的權利不就是死得一如所願嗎？……況且，陌生人的幫助也會教人過意不去，還是免了吧。」

他又挖苦地看著我……甚至帶著挑釁的神色……我卻覺得那只是因為難為情，一種無可挽回的難為情。然後，他縮起肩膀，轉身就走了，沒有說再見。我看著他腳步反常的不穩，拖曳地穿過晨光照亮的甲板，往艙房而去。我從此沒再見過他。我曾接連兩個深夜到他慣於出沒的地方找他，但卻徒勞而返。他消失了。我幾乎就要以為自己作了一場夢，或遇見幻想中的魅影時，旅客之中有個臂膀戴孝的人引起我的注意。有人向我證實，那人是個荷蘭大盤商，妻子因熱帶病剛去世不久。我看著他黯然神傷地避開人群，神色凝重地徘徊著。一想到他最私密的痛，竟使我莫名地畏縮了起來。當他走過我面前，我總是背過臉去，免得一眼讓人看出，我竟比他自己更瞭解他的命運。

那不勒斯港所發生的事件，耐人尋味之餘，我相信可以從這位陌生人的敘述中得到解釋。當天晚上，幾乎所有旅客都下船上岸去了，我個人則去了歌劇院，之後又去了羅馬街那一帶燈火輝煌的咖啡館。當我們搭上接駁小艇划回輪船時，我詫異地看到一些小船亮著火把和煤氣燈，正繞著大船搜尋，同時有些憲兵與警察在昏暗的甲板上走來走去，頗為神祕。我向某個水手詢問發生了什麼事，他避而不答，顯然是上級下了封口令。甚至到了隔天，回復平靜的輪船繼續開往熱那亞時，大家依然無從得知意外發生的蛛絲馬跡。我是後來從幾份義大利報紙讀到那不勒斯港發生的意外，捕風捉影的報導難免修飾得浪漫。其中說道，事件發生於移靈過程，為了避免驚動旅客，該工作選於午夜進行。從輪船移往小艇的靈柩為荷蘭殖民地某位高層貴婦所有，由其丈夫親自監督。正當所有人都在繩梯上時，某個重物突然從高空墜落，連帶靈柩、搬運工與死者的丈夫全都因此落水。其中一份報紙則指出是有個瘋子割斷繩梯造成的；有的則誇張地說繩梯因負荷過重而斷裂。無論報導為何，航運公司似乎用盡辦法掩飾確切事實。

小船在海中進行打撈救人的工作尚稱順利，搬運工和死者的丈夫全都有驚無險、安然無恙，唯獨鉛製的靈柩直接沉入海底，再也無法挽回。同時期的報導中，有份報紙以短訊刊登了在港灣出現一具漂浮的男屍，年約四十歲。對大眾而言，這似乎與那件浪漫化的靈柩故事無關。對我而言，儘管只是迅速讀完的寥寥幾行字，紙背卻驀然浮現那張如月光般蒼白的面容，戴著熒熒閃爍的眼鏡，彷彿再一次如幽靈般對著我迎面而來。

一個女人生命中的二十四小時

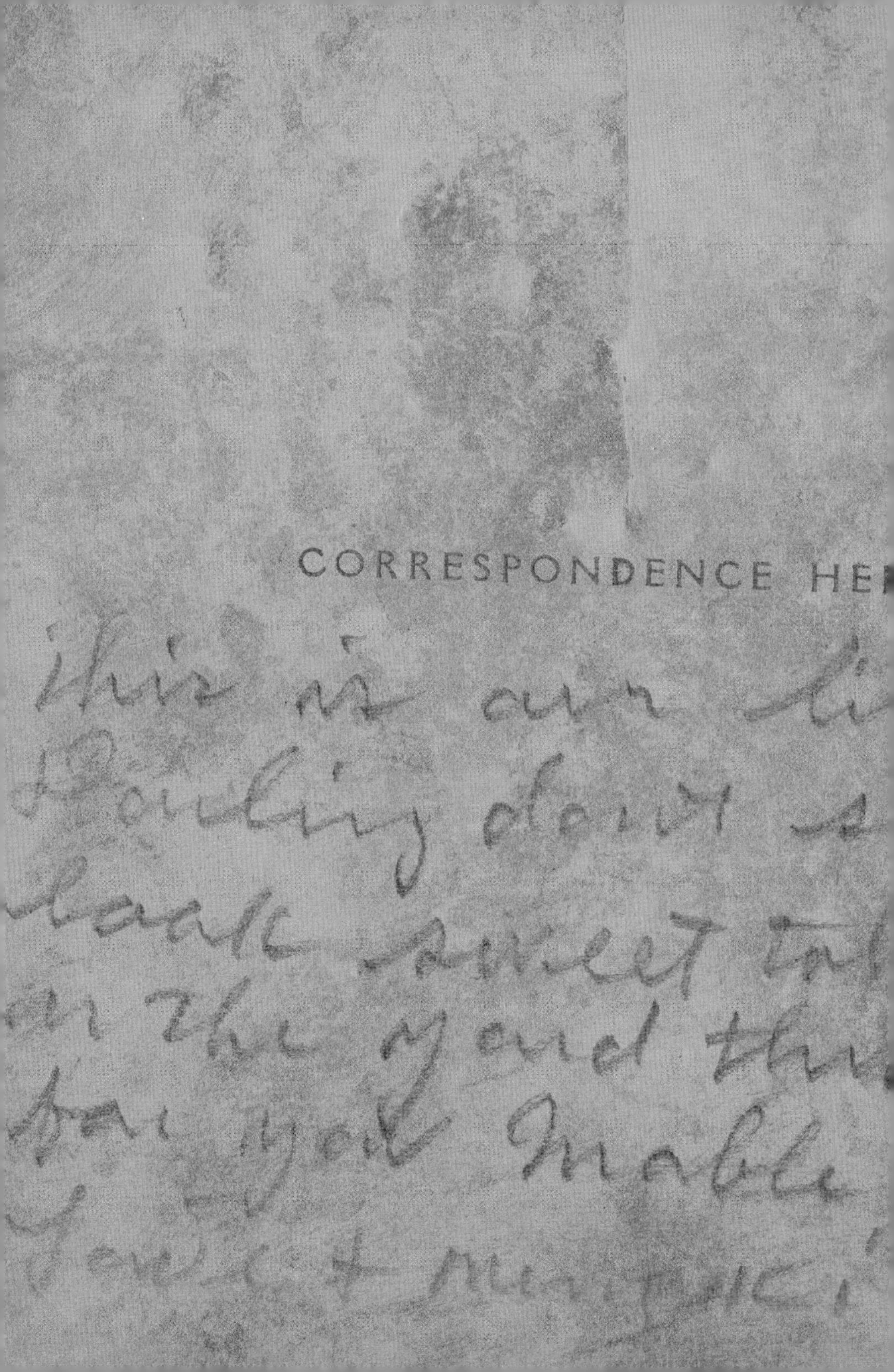
CORRESPONDENCE HE
this is an
boiling down
back sweet
on the yard
for you Mable

那是發生在里維艾拉（Riveiera）當地一家住宿旅館的事。第一次世界大戰爆發的十年前，我在那旅館落腳。有一天，眾人同桌共餐，原本只是激烈的討論突然變成火爆的爭執，甚至不懷好意、偏頗不公的話都說了出口。其實大部分的人想像力遲鈍，如果事情和自己沒有直接關係，不像削尖的木樁那樣直截了當插進腦袋裡，他們根本無動於衷。所以呢，眼前一旦有什麼風吹草動，只要是涉及敏感之處，那麼就算是芝麻小事也弄得他們情緒亢奮，甚至反應過度。他們趁機把平日事不關己的冷漠態度，移情作用地轉成大動肝火，藉此發洩一番。

這正好是我們那一桌人當天表現出來的情況。我們這群十足布爾喬亞階級的餐友，平時一起用餐，和和氣氣，偶爾開點小黃腔或說些無傷大雅的笑話，餐後往往也各走各的：德國夫婦外出遊覽，順便拍拍照，圓嘟嘟的丹麥先生進行單調乏味的海釣活動，高雅文靜的英國女士回到她的書堆裡，義大利夫婦越界到蒙地卡羅去，我呢，則懶懶散散地在花園躺椅上待著，要不就是找點事做。但那一次，激烈的爭執把我們每一個人都套牢了，如果有人突然站起來，那可不是像平常那樣準備有禮貌地告退，而是被激怒了，如同之前說的，簡直要大動肝火。

說實話，把我們一桌人弄得雞犬不寧的事件，還真是不尋常。我們七個人住的旅館，外表看來像是一棟獨立別墅，從窗口可以看到層層疊疊的岩石，景色還真是動人呢！總之，那是從皇宮大飯店獨立出來的住房，兩邊經由花園相通，價格比較便宜。雖然我們住在獨棟樓，但還算是和大飯店的房客一同進進出出。引發我們爭執的關鍵，在於前一天大飯店裡發生了一件鬧得人人都知道的醜聞。事情是這樣的，一位法國年輕人搭了午班列車抵達，確切時間是十二點二十分（我不得不指出確切時間，時間是那段插曲中很重要的一點，而且有助於瞭解我們激烈討論的主題）。那個年輕人早已預訂了面向海濱的房間，有個可瞭望大海的視野，這足以說明他是個經濟寬裕的人。他不僅舉止優雅，行事低調，更引人注目的是他長得非常好看，待人又親切。他有一張宛如少女般緊緻的臉，金絲般的鬍鬚愉悅地輕撫著他那既溫熱又鮮嫩的唇。波浪般的棕色鬈髮環繞在白皙的前額上，那雙眼睛柔美而迷人，整個人的氣質儒雅、可親又有人緣。他沒有刻意打扮修飾，毫不做作。說真的，遠遠望去，還真會令人想到那些粉紅色的模特兒蠟像，拄著高貴的手杖，故作優雅地站在高級時裝店櫥窗裡。不過，一旦稍微近距離看他，原本對他妄自尊大的觀感也就隨即消失了，因為他的親和力（真是難得哪！）渾然天成，一如他的身體髮膚那麼自然。當他經過時，對每一個人招呼的態度既謙虛又真誠，看到那麼自在瀟灑、風度翩翩的人，真是賞心悅目。如果見到某位女士正要走向衣物存放處，他會趕緊上前幫她接過大衣；他像好朋友般對待每個孩子，還會迸出幾句好笑的話。他既合群又低調……反正呢，他是那種得天獨厚的人，他對人流露的情感，因為他的笑容和青春魅力而更加可貴。飯店裡的房客大多是上了年紀或是來養病的人，他的出現簡直就是行善，讓許多人受惠。大夥兒心情愉快地看著他正值青春而神采飛揚的步伐，欣賞他敏捷活潑、清新自然的風采，他毋需費力就能贏得眾人的好感。他才抵達不到兩個小時，已經和兩個小女孩打網球打得不亦樂乎，一個是十二歲的安妮特，另一個是十三歲的布蘭琪。兩個小女孩的父親是那位來自里昂、有錢、肥胖的工廠廠主，母親是韓麗特女士，一位清秀、細膩且非常內斂的女人。她站在一旁，微笑看著兩個雀躍不已的女兒天真又生澀地向初來乍到的年輕人獻殷勤。到了傍晚，那位年輕人看著我們下棋。在他旁觀的那一個小時之中，輕輕鬆鬆地講了兩個趣聞，完全沒打擾到我們。之後又與韓麗特女士到露臺散步了許久，她的丈夫則一如往常地與生意往來的朋友玩骨牌。夜深時，我還發現她的丈夫與飯店的女祕書待在昏暗的辦公室裡，兩人聊得很親密，行跡可疑。隔天早上，那位法國年輕人陪我的丹麥友人去釣魚，意外的是，他對海釣也相當內行。然後他和里昂的工廠廠主討論政治，談個沒完沒了，而且想必十分投機，因為大家都聽到了胖子先生發出蓋過浪濤的大笑聲。中飯過後——我之所以不厭其煩地報告他的時間表，是因為這對瞭解當天狀況有絕對的必要——他又花了一個小時陪韓麗特女士在花園裡喝咖啡，就只有他們兩人單獨相處。接著，他又和那兩個小女生打了一場網球，然後在大廳裡與德國夫婦暢談。傍晚六點鐘，我出去寄信，又在火車站遇到他。他匆匆忙忙向我走來，抱歉地說他必須趕著搭車離開，因為有要事處理，兩天內就會回來。果然，當天傍晚他沒在餐廳裡出現，不過呢，缺席的只是他的身體，因為整桌的人就只談論他，讚美他那舒適愜意的生活方式。當天深夜，應該是十一點左右，我待在房間裡正打算把一本書讀完時，突然透過敞開的窗子，聽見花園裡一陣陣慌張的呼救聲，看見對面大飯店一些圍觀的身影晃動著。我擔心多於好奇，立刻下樓，一下子就衝過五十大步的距離，跑到大廳，發現房客和所有工作人員全都亂了陣腳。韓麗特女士通常會在丈夫準時與來自納慕爾（Namur）的朋友玩骨牌時去散步，沒想到那次去了海濱林蔭道一整晚都還沒回來，恐怕是發生意外了。平常看來肥胖笨重的丈夫，當時像野牛似的，一次又一次衝著海濱大喊：「韓麗特！韓麗特！」焦急而沙啞的聲音迴盪在夜空中，聽來十分恐怖，簡直像原始時代某個龐然怪物遭擊斃前的哀號。職員和服務生東跑西跑，上樓下樓，叫醒了所有房客，還打了電話給憲兵隊。吵吵鬧鬧之中，只有黑夜裡的胖子先生，步伐沉重，搖搖晃晃，內衣扣子也來不及扣，持續叫喊著一個名字：「韓麗特！韓麗特！」這時候，樓上的兩個女兒也醒了，穿著睡衣在窗口呼喚母親，父親又趕去安撫她們。

接著，讓人不寒而慄的事發生了，且非筆墨可以形容。人面對突如其來的危機所激發出來的韌性，往往使整個人的舉止飽含悲劇性，而蘊藏其中的張力，是難以化為圖像或訴諸語言的。笨重肥胖的丈夫一步、一步地走下樓，臺階在他沉重的腳下呻吟。他的模樣完全變了，看來疲憊、灰心而又冷酷，手裡拿著一封信。「請把大家叫回來吧！」他以勉強聽得見的聲音對主管說：「請把大家叫回來吧！不用找了，我太太拋棄我了。」

這個受到致命一擊的人，卻能在眾人面前力圖鎮靜，表現出超乎人之常情的韌性。大家紛紛好奇地走向他，圍著他，看著他，又突然一臉尷尬、不知所以、驚魂未定地各自讓開。他僅有的力氣，只夠搖搖晃晃地走過我們面前，進入閱覽室，把燈熄滅。接著傳來一聲巨響，笨重的身體一下子倒在沙發上，然後所有人都聽見了一陣野獸般的哀號，那種痛哭失聲，似乎是只有從來不流淚的人才會有的哭聲。這種簡單明瞭的痛苦感染了我們每一個人，即使神經大條的也不例外，所有的人都無言以對。每一個服務生、每一個好奇走來的房客，誰都不敢爆出笑聲，連一句同情的話也不敢說。啞口無言的我們，面對情感的全然爆發的震撼感到不知所措，只好放輕腳步，一個接一個地回到各自的房間，留下一個受挫的靈魂，獨自關在黯淡無光的閱覽室裡抽搐哭泣。不久，房間的燈火一一熄滅，整棟飯店只剩交頭接耳、竊竊私語、細細瑣瑣的議論聲。

當然，眼睜睜看著那麼一件青天霹靂、倏忽而至的事，我們這群習慣無所事事、悠哉度日的人，所受到的震撼也就不用多說了。這個意外事件果然在餐桌上引起討論，但場面差點失控的關鍵並非事件本身，而是原則問題。大家基於不同的人生觀發表異議，進而爆出衝突對立。事情是這樣的，想必是那個崩潰的丈夫，氣到虛脫無力，隨便把揉皺的信紙往地上一丟。有個清潔婦讀了那封信，很快的，口風不緊的後果是所有人都知道了，韓麗特女士並非獨自出走，而是跟著那位法國年輕人跑了（從此，大家對他原有的好感幾乎化為烏有）。總而言之，乍看之下，我們完全能夠理解那位小包法利夫人把又肥又胖、土裡土氣的丈夫換成了年輕俊美、高貴優雅的男士。但叫人詫異的是，無論工廠廠主或兩個女兒，甚至韓麗特女士，他們之前從沒見過那個師奶殺手。只因為傍晚在露臺聊了兩個小時，加上花園裡喝咖啡的一個小時，就足以把一個三十三歲左右的良家婦女帶走，使她隔天毅然拋下丈夫和兩個孩子，冒險跟著高貴優雅卻素不相識的年輕人遠走高飛。我們同桌的人一致認為，這個表面看來無可爭辯的事實只是個障眼法，是那對情侶精明狡猾的手段。顯然韓麗特與那位年輕人早已祕密交往了很久，而那個能讓老鼠跟在後面跑的花衣魔笛手，不過是到這裡來確定最後私奔的細節而已。因為——這是大家的推斷——這麼正派的一個女人，絕不可能在僅僅兩次的相處之後，一聽到笛聲就尾隨而去。聽到這個結論，我突然覺得不妨有趣地提出另一個觀點，於是興致勃勃地為這個可能性進行辯護，或者說，我辯護的是這類事件的機率。我說，有些女人在婚姻關係中失望了多年之後，心裡早有蠢蠢欲動的準備，願意讓自己成為獵物。這個出人意表的相反論調馬上引起普遍的爭議，尤其是在場的兩位德國人和兩位義大利人，這兩對夫婦顯得格外激動。他們以非常不屑的口氣否定了我的觀點，認為天下哪有什麼一見鍾情這種事，他們抨擊那不過是無聊的言情小說裡的異想天開罷了，實在是荒唐愚蠢。

總之，從喝湯到吃布丁甜點，整個過程就是一場口水風暴。繼續詳述爭辯的內容也沒什麼好處，只有專門吃套餐的行家才會有那種神來之筆，那種趕在話題正熱時吐出來的論調，囫圇吞棗，沒頭沒腦，說的話還真是「信手拈來」，而且用的是左手（別忘了，德國人的婚戒是戴在左手）。況且，要解釋我們的話題怎麼突然變成人身攻擊也不容易。我想，導火線是那兩位丈夫企圖把自己的太太與那種可能冒險出走、道德淪喪的女人切割開來。不幸的是，他們找不出什麼更好的論調反駁我。他們說，那不過是一個輕浮的單身漢偶然得逞的事件而已。只有單憑這麼一個事件就敢評論女性心理的人，才會有我這種觀點。我一聽也開始火大，而那位德國女士竟然火上加油，吃了芥末似地用教訓的口氣說，女人只有兩類，一種是真正的女人，另一種呢，就是「妓女本性」。言下之意，韓麗特女士該是被她歸為後者了。我當場失去耐性，輪到我不客氣了。我鄭重指出一件無可置疑的事實：一個女人一生之中，有許多時刻會受神祕的力量引誘出軌，那股力量超越了個人意志與理性，對此視而不見的人，不過是害怕面對自己的本性，害怕本性中的超自然魔力。看來，不少人沾沾自喜地以為自己比「容易受誘惑的人」更堅強、更道德、更純潔。我個人認為，最誠實的女性，莫過於自由且熱切依循直覺本能的女人，而不是常見的那種閉上眼睛、蒙蔽自我地躲進丈夫懷裡的女人。我當時所說的大概就是這些。在那場火藥味十足的爭辯中，其他人愈是攻擊可憐的韓麗特女士，我的辯護就愈熱烈。坦白說，我的話是有點詞溢乎情，超出我真正的感受。不過呢，我熱衷的辯護在那兩對夫婦耳中聽來卻等同挑釁，正如大學生所喊的號角響起、流血不惜。既然號角已經響起，他們於是也聯手組成四重奏，開始荒腔走板地攻擊我。坐在一旁的丹麥老先生靜觀其變，手裡握著懷錶，看來就像足球賽裁判員，不時用指節敲敲桌面，提出警告：「Gentlemen, please.」（男士們，請保持風度！）可惜效果有限。我們安分不了太久。其中一位先生已面紅耳赤地奮力起身三次，他太太費了好大的勁才把他壓下來。總之，如果不是C女士開口說話，眾人繼續爭論下去，再過個十分鐘就會大打出手收場。C女士的話宛如香脂，甜美芬芳地驅散了爭論的火藥味。

C女士是一位上了年紀、滿頭銀髮、氣質高雅的英國女人，大家一致默認她是全桌的榮譽主席。她的儀態端莊，一視同仁地看待每一個人，眼神總是和藹可親。她很少說話，只是饒富興味地聆聽。光是看她的人，就已令人心神舒暢。她散發雍容華貴的風采，又有著氣定神閒的內斂，氣質十分迷人。就某種程度而言，她和大家保持一定的距離，同時又能分寸得宜地關照每一個人。常看見她坐在花園裡讀書，偶爾她也會彈彈鋼琴，卻很少見到她加入小團體，或者投入我們熱烈的討論。我們常常忘了有她在場，但她有一股獨特的力量影響我們。就拿當時來說吧，她才剛加入論辯，大家立刻由於沒能自制、說話太衝而一陣難受。

「所以您相信韓麗特女士……如果我沒誤解的話，您相信一個清白的女人會投入一場突如其來的外遇，相信有些行為是女人認為自己絕不可能做出、也無法承擔的，卻在一小時之後改變了作法？」

「沒錯，我確實相信。」

「如此一來，所有的道德評判就失去了價值，所有違反道德規範的行為都有了合理性。如果您真的這麼認為，那麼法國人說的情欲犯罪也就稱不上是犯罪了，如此一來，國家何必還設立法院呢？您的好意豐沛得叫人驚喜，」她微笑地補充：「只是，如果過於好心地從每一樁犯罪案例中找出情欲動機，那麼情欲動機就可作為脫罪的證據了。」

她的聲調清晰而近乎愉悅，聽她說話真是舒服，使我不由自主地模仿她中肯客觀的說話方式。我半開玩笑半嚴肅地回答：「面對這類行為，法院當然比我嚴格得多。他們必須維護善良風俗與道德常規，責無旁貸，絕不寬待。這類案例需要的是判決，而不是寬恕。可是我呢，不過是一個個體，又何必把自己看成是檢察官的角色？我倒是願意把自己視為一個辯護人。我個人最感興趣的是對人的瞭解，而非批判。」

坐在對面的C女士看了我一陣子，灰色的眼眸透著光，似乎欲言又止。我擔心她沒完全聽懂我的話，正打算以英語再說一遍時，她突然接著提出問題，表情如同考官的鄭重其事，大家都注意到了她那罕見的嚴肅。

「一個拋家棄子的女人，跟著一個不確定是否值得愛的人走了，您不會輕視這個女人，或認為她無恥？這樣一個不再是年少輕狂的女人，是應該懂得自重自愛的，應該考慮到孩子的，卻做出這種輕忽、草率，而且有傷風化的行徑。您真的認為她無罪？」

「親愛的女士，我重複一遍，」我態度堅決地說：「我拒絕批判，更拒絕定罪這類的事。在您面前，我可以感到心平氣和，所以發覺我之前說的話有些言過其實。不過，這位可憐的韓麗特女士絕不是什麼女中豪傑，也不是冒險家性格的人，更不是熱情奔放的女人。雖然我對她的認識不多，但我所看到的她，只是一個柔弱的平凡女子，我對她多少心懷敬意，因為她是個勇於追隨意志的人。但我對她卻有更多的同情，因為如果不是今天就是明天，她內心深處終究會受到折磨的。她倉促行事的舉動或許癡傻，但絕不是由於卑鄙或邪惡而驅使她這麼做的。雖然人人有權，但我還是要說，我拒絕有人有權去鄙視這個可憐、不幸的女人。」

「事情發生後，您本人對她尊重程度依然不變嗎？前天和您還有往來的女人，以及昨天跟著一個男人從此離去的女人，這之間的差距，您並沒有另眼相待？」

「沒有，一點都沒有，我對她的尊重絲毫不減。」

「Is that so?（是嗎？）」她忍不住用英語表達。我的話似乎在她心裡起了某種作用。她思索了一會兒後抬起頭，眼睛再度發亮，針對我提出了一個問題。

「假設您明天遇到韓麗特女士，比如在尼斯，她正和那位年輕人手挽著手，您仍然會跟她打招呼？」

「一定會的。」

「也會和她說說話？」

「一定會的。」

「假設您……假設您是已婚的人，您會把像她這樣的女人介紹給您的夫人，就如同她什麼事也沒發生過？」

「一定會的。」

「Would you really?（你真會這麼做？）」她再次說了英語，露出難以置信的表情，有點愣住了。

「Surly I would.（當然。）」我下意識也用英語回答。

C女士沉默了。她看來似乎一直沉浸在綿密的思緒裡。突然，她直視著我，驚訝自己有勇氣開口似地對我說：「I don't know, if I would. Perhaps I might do it also.（我不知道自己會不會那麼做。或許也會和你一樣。）」她接著友善地向我伸出手，只有英國人懂得用這種難以形容的穩重方式為談話作結，來得忽然卻不唐突。幸好有她加入談話，餐廳裡因此恢復了平和。我們所有人對她十分感激，幾分鐘之前還針鋒相對的人，轉為還算有禮貌地交談，輕鬆地說了幾個效果不錯的笑話，原本拉警報的緊張氣氛終於消融了。

雖然我們的爭論最後結束得還算高尚，但過程的激動與火爆卻有了後遺症，我的對手與我的關係變得冷淡。德國夫婦表現得謹慎保留，義大利夫婦則故作奉承，不時有點嘲弄地用義大利文問我有沒有「尊貴的韓麗特女士」的消息。儘管我們同桌用餐，檯面上依然優雅有禮，從前那種坦白直率卻有了無可補救的裂痕。

我的對手所顯露的冷嘲熱諷，與C女士對我的格外友善，對比真是強烈！向來行事十分嚴謹的C女士，除了同桌共餐時，幾乎從不主動與人交談。那次爭論之後，她卻好幾次在花園裡找機會和我說話。她對我的重視，使我差點要稱之為恩寵了，因為性格如貴族般內斂的她，必定有特別的熱忱才會主動與人交談。好吧，我就直話直說吧，我必須坦白她是故意來找我的，她把握每一個可以和我說話的機會，而且做得實在太明顯了。要不是她滿頭銀髮，是個上了年紀的女士，我還真會虛榮地胡思亂想。只是呢，我們的談話最後總是不可避免地又回到起點——關於韓麗特女士。缺乏謹慎、不守婦道、拋下責任，這些來自C女士的指責，似乎成了她祕密的樂趣。而同時，我卻對那位清秀、細膩的女人一再表示我的同情，始終如一地站在她那邊。這似乎讓C女士頗為開心，每次的話題她總把我引向我對那女人的同情。到了最後，她這種怪異的堅持令我沮喪，差點患了憂鬱症。

就這樣過了好幾天，大概五、六天吧，這個一成不變的話題想必對她有某種程度的重要性。終於在某次散步的時候，我確定了這一點。當時我無意間提到在這裡的假期就要結束了，打算後天離開。她平日祥和的臉龐突然露出異常緊張的表情，彷彿一片烏雲掠過她那海鹽般灰色的眼眸。「真是遺憾！」她說：「我還有許多話想對您說哪！」從那一刻開始，她言詞之間不時帶有某種焦慮不安，顯得若有所思。我們後來的談話過程中，她似乎一直有心事，盤旋不去。她不久意識到自己的恍神狀態，因此不好意思地沉思了一下，接著再度突然對我伸出手，說：

「看來，我想要對您表達的，很難說得清楚，我還是寫信給您吧。」她隨即走向飯店，腳步比我平常所見的快了許多。

果然到了傍晚、接近晚餐時，我在房間裡發現了一封筆跡明快有力的信，是她寫來的。可惜我沒留下那封信，從這點就能看出我年輕時對待信件往來是相當漫不經心的，所以無法在此重現她信中的文字。我現在還說得出部分的內容，已經很滿意了。她來信問我，是否能冒昧請我聽她說起一段生命中的插曲。她寫道，那件事早已久遠，與她目前的生活沒有任何牽連了，既然我後天就要離開，那麼要把一件纏繞心頭二十多年的陳年舊事說出來，應該還算容易。如果這樣的面談不會打擾到我的話，請我撥冗給她一個小時。

那封我只說出要點的信，其實文筆非常動人，我深深為她那語意清晰而字句鏗鏘的英文著迷。正因為如此，我回信時反倒不容易措詞。撕了三次草稿之後，我這樣回覆：

「很榮幸您對我如此信任，若您有任何請求，我必會誠心回應，謹守承諾。當然，您可隨意吐露，只說您想對我說的。但求您所敘述的，無論是對您或對我，所言皆需真實。我衷心請您相信，您的託付令我備感榮幸。」

那張便箋當天晚上就送進了她房裡，隔天早上我收到了回應：

「您的道理無懈可擊，一半的真實並無價值，唯有完整才是。我將盡力面對事實，對自己無所掩飾，對您無所隱瞞。花園裡或外人在旁，我難以細訴，請於晚餐後到我房裡。（六十七歲的我，對他人的曲解閒言已毋需畏懼。）請相信我，決心告白，並非易事。」

傍晚來臨之前，我們碰過幾次面，同桌用餐時還若無其事地親切交談。但在花園裡遇到時，她卻顯得侷促不安，刻意避開了我。當我看到一位滿頭銀髮的女士，像個內向怕生的小女生從我面前溜進松樹林蔭道，我既心疼又感動。

到了晚上，我準時到她房前敲門。她立刻開了門。天色已黑，房裡只有桌上的小檯燈落下一道金黃的錐型光束，整個房間沉浸在幽影裡。C女士不再侷促不安，她走向我，邀我坐在沙發上，然後在我對面坐下。我感覺得出她的每一個動作都是有所準備的，卻還是有了一陣沉默，顯然並非出於刻意。沉默持續了很久很久，難以打破。我也不敢開口說話，因為我感覺到她內心在交戰，意志在掙扎，形成一股強大的張力。樓下的沙龍不時傳來細微的華爾滋圓舞曲，樂音盤旋，浮如游絲。我屏氣凝神聆聽著樂聲，彷彿那樣就能稍稍紓緩靜默的沉重。僵住的沉默似乎也令C女士不舒服了，她突然打起精神，壯士斷腕地開始說話：

「只有開頭第一句話最不容易。為了能把事情說得清楚、真實又確切，我已經準備了兩天，我希望自己能做得到。您現在可能還不明白我為什麼會對您、對一個萍水相逢的人說出一切，但那件事沒有一天，甚至沒有一刻不在我腦中浮現。您不妨相信一個像我這樣年事已高的女人所說的話，我整個下半輩子所回顧的，竟只是生命中的一個點，只是其中的一天，真是情何以堪。我想對您說的那整件事的經過，僅僅占去六十七年歲月中的二十四小時而已，我一再近乎恍神地重複對自己說：曾有過那麼一段的癡狂，一次而已，並不代表什麼。可是，人很難擺脫所謂道德良心這個有待商榷的觀念。之前聽您非常客觀地分析韓麗特女士的情況，我突發奇想，或許我可以在某個人面前把那段一再糾纏我、將我帶回過去、令我不斷批判自己的事盡情說出來。一旦下定決心說出我生命中那唯一的一天，或許心事可以從此了結。如果我是天主教徒而非信仰英國國教，應該早有機會告解這個祕密，獲得解脫。但我們沒有告解的機會，這也是為什麼我今天會有這種不尋常的嘗試，希望藉由對您的傾訴，與自己和解。我知道這一切都太不尋常，而您卻願意接受我的請求，為此，我對您深表謝意。

「誠如我剛才所說的，我要敘述的是我生命中的一天，唯一的一天，其他的應該毋需贅言，況且外人聽來也覺得乏味。我四十二歲之前的日子過得循規蹈矩，生活相當平凡。我的雙親是蘇格蘭的望族，擁有幾家大型工廠和大片土地。我們過著鄉間貴族般的生活，大部分的時日待在自家的土地上，在特定的季節到倫敦暫住。十八歲時，我在某次社交場合認識了我先生，他是聲名顯赫的R氏家族次子，曾到印度為英軍服役十年。我們很快就結婚了，過著無憂無慮的上流階層生活，三個月住在倫敦，三個月住在自家的土地，其餘時間住在一個又一個的飯店，遊走義大利、西班牙或法國。我們的婚姻從未蒙上任何陰影，兩個兒子都順利長大成人。我先生突然過世的那一年，我四十歲。他在熱帶國家生活的那幾年染上了肝病，經過發病期痛苦的兩週之後，我從此失去了他。當時大兒子正發展事業，小兒子正在念大學，兩人都不住家裡。於是一夕之間，過慣了溫馨伴侶生活的我，徹徹底底成了孤孤單單的一個人。那段日子裡，我陷入空虛，活得十分痛苦。空蕩蕩的屋裡，每一樣東西都令我觸景生情。我思念著深愛的丈夫，內心萬分悽楚，要我在屋裡多待一天都難，於是我打算只活到兩個兒子成家為止。在這之前，我決定旅居四處，藉此排遣憂傷。

「從那時起，我深深感到自己的生命已經失去目標，一無是處。過去二十三年的歲月中與我共享分分秒秒、所思所想的人已經不在人世了。我的兩個孩子並不需要我，而且我擔心自己的憂鬱與消沉會使他們的青春時光變得黯淡。至於我個人，我已經是沒有任何期待、任何指望的人了。我先遷居巴黎，漫無目的地逛街或走進博物館。可是，那座城市裡的一景一物，來來往往的人群，在在襯托出我是個異鄉人。我避免與人往來，因為我無法忍受他們看到我身穿喪服時，有禮貌地露出同情的眼神。那幾個月的恍惚飄蕩是怎麼熬過來的，我至今仍然無法描述。我只知道當時想死的欲望一直揮之不去，但我缺乏勇氣，不敢逼自己實現這個痛苦的欲望。

「走過那一段不為人知的自我逃避、飄飄蕩蕩的生活，歷經活著只是為了消磨時間而了無生趣的日子後，在我守寡的第二年，也就是我生命走到四十二歲的那一年，我決定到蒙地卡羅去。那是三月下旬的某一天。坦白說，這個決定是因為我受夠了，我想擺脫折磨心靈的空虛，那空虛像某種東西梗在胸口，需要藉由外界刺激才催吐得出來。我的感知愈是消沉，愈感到一種需要——把自己丟進命運轉輪更加快速、更加喧鬧沸騰的地方。一個失去生命目標的人，只能靠著神經活下去，而且是藉由他人的激情來騷動自己的神經，如同置身劇場之中或投入音樂裡。

「這也是我常去賭場的原因。看到別人臉上浮現歡樂或消沉的表情，如潮起潮落，一波接一波，讓我感到振奮，內心跟著波動。我先生從前也常會玩上幾局，但他是個下注謹慎的人，或許是出於某種本能的悼念吧，我延續了他的老習慣。也就在賭場裡，開始了那段我生命中的二十四小時，它比任何賭局還要刺激、還要亢奮，並在往後的歲月裡擾亂了我的命運。

「那一天，我和M公爵夫人共進午餐，她是我們家族的親戚。晚餐之後，我仍沒感到倦意，不想回房休息。於是我去了賭場，在賭桌之間遊蕩，也不下注，只是用特殊的方式去觀察那些隨機聚在一起的賭客。我之所以說『特殊的方式』，是因為我曾向亡夫抱怨，老是盯著那些賭客的面孔，就像看著街上的行人，久了也會生厭。總是大同小異的臉：乾癟的老女人，坐了好幾個小時還不敢拋出籌碼；精明狡詐的專業賭徒；像交際花的發牌女郎。那些人來自世界各地，齊聚一堂，構成一個晦暗曖昧的團體。那景象如您所知道的，絕不像廉價小說經常描繪的別致浪漫，讓人誤以為他們不食人間煙火，當他們是歐洲的名門貴族。我現在對您說的是二十多年前的事了，比起今天，當時的賭場實在有趣得多，還能見到叮叮噹噹、滾動彈跳的貨幣，以及磨蹭得沙沙作響的鈔票，摻雜著拿破崙金幣和滿桌打轉的五法郎大銀圓。現在的賭場豪華，一如摩登皇宮，走進其中的是資產階級化的平民，拿著旅行支票的遊客，百無聊賴地揮擲毫無個性的代幣。那些在我眼中看來大同小異、單調無趣的賭客面孔，由於我丈夫的關係而有了改變。有一天，他教了我一種別開生面的觀人術，絕對比呆呆站在一旁來得更有趣、更興奮誘人。他個人對手相特別感興趣，喜歡研究掌紋，他教我的方法是絕對不看賭客的臉，只盯著他們擺在桌沿的手，只看手的動作。我不曉得您自己是否有機會盯著賭桌看；覆上綠絨布的檯面中央，像喝醉了的滾珠在數字之間搖擺不定、跌跌撞撞，方格盤裡不斷滾進鈔票、銀圓、金幣，就像灑下的種子。然後莊荷[1]用耙竿一刮，全部收割，或是把錢推向贏家。那幅景象之中，只有手的變化最多，攤在亮處的手全都在綠色的賭桌上伺機而動。它們埋伏在袖口，它們窺視，準備隨時一躍而出。它們長得形形色色，有的赤手空拳，有的以戒指和叮叮啷啷的手鍊作為武裝配備，有的像野獸似地毛髮茂密，有的如鰻魚般滑溜溼亮。每一雙手都筋肉緊繃，蠢蠢欲動，這總讓我不禁聯想到賽馬場的景象。起跑線上的賽手必須用力勒住亢奮的馬，才能避免提早越線。那些馬與那些手沒兩樣，同樣是渾身抖擻，前蹄揚起，蓄勢待發。等待的手，抓取的手，猶豫的手，一切不言自明；緊抓不放的手是貪心的人，落落大方的手是揮霍的人，四平八穩的手是老謀深算的人，顫抖不已的手是希望落空的人。百樣人的個性盡在抓錢的瞬間洩漏了祕密，例如有人把錢揉成一團，有人緊張兮兮地把錢分類，也有人筋疲力竭地任錢散落桌毯，雙手遲鈍。俗語說賭品如人品，但我要說，正在賭博的手更能清楚揭露人的性格，因為所有的賭徒很快學會控制自己的臉部表情，即使是玩票的賭徒也幾乎如此。一張無動於衷的假面具從他們的衣領裡緩緩升起，他們抑制嘴角的皺紋，咬緊牙關地守住內心的波瀾，那雙反應不安的眼睛則被遮遮掩掩。他們給出

1 莊荷又稱為「荷官」，是在賭場裡負責發牌、收發籌碼的工作人員。

一張外表波瀾不興的面孔，裝出不在乎的表情，製造出一張人工面具。但正因為他們太費力掌握表情，不洩漏心思，不透露性格，卻反而忘了手，更忘了會有人只觀察他們的手。無論上面的嘴角如何淺笑，眼神如何不在乎，下方的手卻毫不含蓄地揭發了最隱密的心思，尤其是輪盤滾珠落進數字格的剎那，原本極力按捺、恍若入睡的手指，頓時有如脫韁野馬，情不自禁地舞動起來。輸贏揭曉的決定性時刻，更使得好幾百隻手顯露本性，各有各的性格，各有各的特質。我先生啟蒙了我這項特殊嗜好，只要有人和我一樣觀察這個手的競技場，必然會發現這種一再即興、花樣百出、新意不斷且變化無窮的演出，比任何劇場或音樂會更讓人興致勃勃。我實在無法對您詳細形容每一個手勢的千變萬化。在賭局中的手，各有舉止，都是獵錢的野獸，有的手指毛茸茸、指節如鉤像蜘蛛；有的指甲灰白、戰戰兢兢不太敢出手；還有高貴或卑鄙的、粗暴或害羞的、精明狡詐或近乎呆笨的。每一隻手都有獨特的動作，因為它們反應出了不同的人生，唯獨那

四、五位莊荷的手例外。他們的手就像精確無誤的機器，專業而中立，相較於那些有生命的手，他們的手是功能性的，是收銀機絞盤上運轉的銅爪鏈。這種對比十分驚人，因為更冷酷地烘托出賭客的手是那麼的熱血沸騰。容我大膽地說，莊荷的手就像群眾暴動中的憲警，只差沒穿上制服而已。我個人的這種癖好另有一個附加樂趣，經過幾個晚上的觀察之後，我和一些手成了熟人，熟悉它們各式各樣的慣性與情緒。我在幾天內就能辨識出哪些是新認識的手，哪些是熟識的，並把它們分為有好感的與討厭的，如同看待人一樣。有些手粗暴貪婪，令我討厭，總是迴避目光，就像遇到了不該看的東西。不過呢，一旦賭臺上有新手出現，便會引起我一窺究竟、增廣見識的樂趣。我往往忘了看一眼他們的臉——那些立在燕尾服襯衫硬領或是珠光寶氣頸項上的臉，那些冷漠的面具。

「於是在進入賭場的那天晚上，身上準備了一些金幣的我，經過兩桌最熱鬧的賭臺走向第三桌時，那一桌的人突然無聲無息。通常滾珠筋疲力竭地在最後兩個數字格上顛簸時，總會出現這種緊張得連空氣都會震動的靜默。可是，在那無聲的瞬間，我卻意外聽到正對面發出一種怪異的聲響，好像關節斷裂的喀嚓聲。我不禁瞄向賭桌另一端……真的，我當場愣住了！一雙我從未見過的手，右手與左手像兩隻動物互咬般交纏著，由於指頭搏鬥得太過糾結而發出箝開核桃的爆裂聲。但那真是一雙美得罕見的手，非常細緻修長，筋肉卻飽滿有力。那雙手有著潔白的膚色，精心修過的指甲泛著珠光。我盯著那雙手看了一整晚，它們在我的凝視中甚至一再為我帶來新的驚喜。那雙不凡的手，的確是獨一無二。最初引起我的意外，是因為它表現出驚人的激狂，手指是那樣的相互糾纏，看得我渾身發熱。我立刻明白，那是一個情感滿溢的人，不得不將體內充脹得幾近爆開的力量透過手指釋放出來。當滾珠咔啦地落進數字格、莊荷報出彩號的剎那，那兩隻手突然彼此鬆脫，就像兩隻遭子彈擊中的野獸應聲而倒，不只是筋疲力竭，而是死了。它們倒下的姿態是那麼挫敗，是希望幻滅，是青天霹靂，是言語難以形容的。我從此以後再也沒見過那麼有感染力的手，每一條肌肉都是急切表達的嘴，激情幾乎是從毛孔滲透而出。那兩隻手攤在綠絨布上好一陣子，彷彿是癱瘓在海灘上的水母，萎縮而死氣沉沉。不久，右手指尖開始痛楚地甦醒，然後顫抖，向內彎曲，遲疑地畫圈，最後緊張地捏起一個籌碼，拇指與食指之間的籌碼懸在空中，猶豫不決地旋轉，像是空中轉輪。突然，這隻手像豹一般拱起背，接著往前一撲，把手裡的一百法郎籌碼擲向下注的黑格圈。原本那隻死氣沉沉的左手立刻甦醒，就像聽到警報聲的反應，匍匐前行，爬向似乎耗盡精力的右手，同一血緣的兩隻手又開始相互折磨，微微抖動得如同打冷顫的牙齒，指節在桌毯上敲出無聲的節奏……我從未見過那麼會說話的手，從未見過，真的。我看著那雙手反應時的樣貌，那種緊張的抽動。在那蒼穹般的賭廳圓拱下，盈滿著賭客的低語，莊荷如市集攤販般的報彩聲，人來人往的喧鬧，還有滾珠從高處跌進釉亮的輪盤、像中邪的人被關進牢籠般蹦蹦跳跳的聲響。各種紛擾與神經質的噪音都化成一抹印象，全都在那雙手的旁邊沉寂了，只有那雙手在哆嗦、在呼吸、在喘氣、在等待、在發冷、在打顫，吸引了我所有的注意力，幾乎迷惑了我，讓我無視周遭的存在。

「終於，我按捺不住自己了。我必須看一看那張臉，看看那雙魔力的手究竟屬於什麼樣的人。我不安地抬頭，沒錯，我很不安，因為那是一雙讓我害怕的手！我的視線緩緩沿著袖口一直移到窄瘦的肩膀。然後，我再一次震驚了，因為那張臉竟和那雙手一樣傾瀉著奔放、奇幻、激動的語言。那是一張既頑強又俊美的臉，精緻得近乎女性。我從未見過那樣的臉，某種程度而言，那是一張扭擰的臉，彷彿為了要有獨立的生命，為了能夠更徹底的表達而正想從身體掙脫出來。我因此有絕佳的機會觀察那張臉，如同細看一張面具或一件雕塑品。雕像沒有眼珠，但他的眼睛……他那癡狂的眼睛不東張西望，眼波不左顧右盼；他釉黑的眼眸直視前方，彷彿沒有生命的玻璃珠嵌在眼瞼下，桃花木轉輪裡跳動翻滾得失去理智的圓珠，完全映在他那剔透的眼眸裡。我不得不再說一遍，我從來沒見過一張那麼激動又那麼迷人的臉。那是一個年輕人的臉，二十四歲左右，臉型偏窄略長，五官精緻卻充滿表達力，正如那雙手。那張臉並不粗獷，反而較像是小孩玩瘋時的臉……但這是我後來才留意到的。當時他的五官完全隱沒在狂熱而渴望的表情之下，緊繃的雙唇因渴望而微微張開，皓齒半露，十步之外就能看到那像打冷顫的牙齒和定住不動的雙唇。一撮汗溼而發亮的金髮，像失足的人跌落在前額，沾黏著額頭，鼻翼不斷起起伏伏，猶如皮膚下隱藏著湧動的波浪。他傾身向前，不自覺一再往前探頭，頭幾乎要埋進輪盤，跟著圓珠打轉。那一刻，我才明白那雙手為何那般抽搐，因為只有如此奮力支撐，才能平衡得了失去重心的身體。我不得不一再重複地說，我從沒見過情緒那麼外放的臉，竟是那麼赤裸、放肆而且獸性。我看得出神了，那一張臉……那盯著翻轉跳動的滾珠而露出極度癡狂的眼神，迷住了我，催眠了我。從那一刻起，周遭的一切失去光采，興味索然，與那張發光散熱的臉相較之下，周遭的一切變得黯淡而朦朧了起來。我忽略了旁人，只注視著他，也許有一個小時之久，觀察他的每一個動作。當莊荷終於把二十個金幣推向他面前時，他兩眼炯炯有神，糾結的雙手像爆炸似地頓時鬆開，一根根手指猛然伸開，振奮而抖擻。他的臉龐瞬間變得光滑，所有曲折的線條都已平復，眼睛綻放光采，前俯的身體變得輕盈、直挺。他終於坐了下來，像個凱旋歸來的騎兵，如沐春風地安坐著，用指尖把玩著圓金幣，帶著又是虛榮又是愛意的心情，把金幣舞弄得叮叮作響。接著，他再度不安地轉頭，目光開始往綠桌毯掃視，鼻翼又開始起起伏伏，像年輕的獵犬一邊嗅聞一邊找出正確的線索。接著，一個迅速而緊張的手勢，把手中所有的金幣全部下注。他馬上擺回了警戒姿態，戰戰兢兢。嘴角再度出現觸電似地抽動，雙手再度回到痙攣，本該孩子般的面容霎時凋萎了，變得憔悴蒼老，兩眼黯淡失色。一切只發生在一瞬間，在那滾珠落進他誤判的彩號的那一瞬間，他輸了，兩眼呆滯了好幾秒鐘，似乎弄不清楚究竟發生了什麼事。但莊荷才一聲叫喊，他像是被抽了一鞭，又立刻抓起幾個金幣。只是啊只是，他沒了信心，他下注後卻又改變主意，換了彩號，滾珠已經開始轉動，他猛然伏身向前，靈光乍現地伸出顫抖的手，飛快地又追加兩張揉成一團的鈔票，壓在同一個彩號上。

「輸輸贏贏，心驚肉跳，他就那樣毫不休息地持續賭了一個小時左右，而我在那段時間一直盯著那張臉和那雙手，連轉過頭去喘口氣的時間也沒有。那瞬息萬變的臉，前仆後繼地湧上一波波的激情；那施了魔法的手，每條筋肉如同造型噴泉般地鼓起又平復，表露出層次分明的情感。我只能目不轉睛地看著。即使在劇場裡，我也從沒見過一個演員的表情可以那麼無休無止地一再變化，宛如曠野上的光影，變幻著無窮無盡的色彩與情感。我投入在那樣怪異的情緒反應中，即使我參與賭局，也從沒這麼全神貫注過。如果有人當時見到兩眼呆若木雞的我，必定覺得我被催眠了。我當時的狀態也確實像被催眠，完全恍神⋯⋯。那場表情的演出令我無法移開目光，賭場裡的一切都變得混沌不清，燈光，嬉笑，人影，眼神，全像是無形無體的東西在我周圍漂流，猶如一團昏黃的煙霧，而煙霧之中清晰浮現的是那張臉，一如焰火中的火舌。我什麼也聽不到，什麼也感覺不到了；我看不到身旁來來去去的人影，看不到那些為了投注金幣或抓回贏款而像觸角猛然伸出的手。我沒察覺到滾珠，也沒聽到莊荷的報彩。然而，恍惚如夢的我，看著那情緒激動的雙手，像凹透鏡般誇大地照映出所發生的一切。我不需看輪盤，就能知道滾珠是落向紅格或黑格，是正在滾動或已經停止。那張被激情控制的臉，每一條赤紅的神經，把輸贏、等待或失望都反映得一清二楚。

「只是，可怕的時刻終於來臨。我一直暗暗擔心的預感終於發生了，不祥的預感如同雷雲在我緊繃的神經上盤據，一瞬之間，風雨交加。輪盤裡的滾珠再度咔啦一聲停住的剎那，兩百張嘴停止呼吸，直到莊荷唱出彩號是空號，並且嘩嘩啦啦地耙盡所有投注的金幣與鈔票。那一刻，那雙性格鮮明的手驚慌地揮向空中，似乎要抓住不存在的東西，然後墜落下來，斷氣似地在桌上蜷縮成一團。但不多久，那雙手突然又活過來，焦急地抽離賭桌，轉向身體，像野貓似地在身體上爬行，忽上忽下，忽左忽右，神經兮兮地搜遍所有的口袋，想要找出可能忘在某處的殘餘，翻出最後的一點硬幣。空的，所有的口袋都是空的，一遍又一遍地搜，還是空的，再怎麼焦急地搜了一遍又一遍，還是白費，還是沒用。輪盤重新旋轉，其他人繼續投注，錢幣叮叮噹噹，椅子嘰嘰喳喳，千種聲響交混成一種嗡嗡鳴響，盈滿整個賭廳。眼前的景象使我心驚膽戰，渾身哆嗦。我是那麼忘我的投入，情緒跟著那雙手波動，彷彿那些手指是我的，最後一搏地搜索每一個口袋，翻攪每一道折縫，著急地要找出錢來，一分錢都好！在我對面的年輕人猛然起身，像個突然感到不適的人，必須挺直身體以免窒息，接著生硬的轟隆一聲，他背後的椅子倒在地上。他根本沒注意到椅子倒了，也不留心身旁是否有人，沉重地拖著腳步離開賭桌，其他的人紛紛避開，又詫異又擔心地讓路給一個搖搖欲墜的人。

「我當場愣住，像塊化石，因為我忽然明白那個人要去的地方——死亡。會用那種方式起身離去的人，絕不是要回到旅館，去小酒館，去女人家，去火車包廂，或是任何諸如此類的生活狀態，而是直接走向無底深淵。在這地獄般的賭場裡，即使最魯鈍的人也該看得出，那個人不會有任何依靠了，無論是家人、銀行或親戚。他當場輸掉了最後的一分錢，也賭掉了性命。他蹣跚地走向別處，無論何處，只要能走出生命的地方他都會去。我一開始就有怪異的預感，總覺得那場賭局有什麼不對勁，其中有某種超乎輸贏的東西。而那東西終於對著我青天霹靂而來，在我心中雷電交加。我眼睜睜看著生命頓時離開那年輕人的眼睛，前一刻還激動不已的臉龐，倏忽之間，被死神抹成蒼白一片。我深受他動作的感染力所支配，以致於情不自禁地也用手抵住桌子；我的身體，我的血液，我的神經，全隨著他艱難地從座位起身，隨著他踉踉蹌蹌的腳步而緊繃，而悸動。然後，我被一股超乎自己能控制的力量帶著走，毫不自覺地任由自己的腳步把我引向他。我接下來的舉動完全出於下意識，並不是我在動作，而是動作在領著我；我沒注意到周遭的人，也沒意識到自己的舉動，逕自往大廳出口跑去。

「他站在衣物存放處前，服務人員正要遞給他大衣，但他的雙臂不聽使喚，熱心的服務生頗為費力地幫他套上衣袖，像是照顧斷臂的人。我看著他的手指機械式地往背心口袋裡掏錢，想要給出小費，但掏到底還是空的。他隨即回過神來了，一臉尷尬，低聲對服務生說了幾句話，然後匆匆轉身離開，搖搖晃晃地步下賭場門階。服務員看了他一眼，先是不屑地笑了一笑，接著露出了然於心的笑容。

「那一幕太不堪了，讓我覺得自己不該在場，於是我背過臉去，如同在劇院包廂裡，不忍心看到臺上陌生人傷心絕望的模樣……但一股莫名的憂心促使我跟著他走。很快地，我也取回外衣，毫無意識地，完全本能地，走進暗夜，跟隨了他的腳步。」

C女士停頓了一下，沒再說下去。她一直端坐在我對面，冷靜清晰地表達自己，幾乎沒有中斷，想必事先有所準備，仔細整理了來龍去脈，否則是辦不到的。那是她第一次停頓，神色猶豫。她沒繼續往下說，反而突然直接對著我說話：

「我對自己，也對您承諾過，要說出全部的實情……」她開始有點不安：「可是，我現在也必須請您相信，我是真心誠意要說出整件事的經過，請別認為我當時跟在他背後是基於什麼不可告人的隱情，而使得今天的我羞於啟齒。沒有的，並沒有什麼虛假的動機。這麼說好了，我當時心急地追著一個挫敗的賭徒，一直追到了街上。我得強調，並不是由於我愛上了那個男孩的緣故。我甚至壓根兒沒去多想他是一位男性。我那時已是個四十多歲的女人了，自從丈夫過世後，不再多看任何男人一眼。愛情早已是過往雲煙，我心如止水。這是必須對您強調的一點，否則接下來發生的事，您或許無法理解其中的可怕。話說回來，我確實也無法清楚界定當時的情感是什麼，竟然可以讓我招架不住地做出之後的行為。那情感當中確實帶有某種好奇，但更多的是令人害怕的恐怖，說得更清楚一點，是面對一個恐怖的東西時的那種害怕。打從第一眼，我就感到一團似有若無的陰霾籠罩著那個年輕人，但那種感覺難以梳理和分析，尤其事情接二連三，來得那麼快速，那麼暴烈，那麼本能……或許我當時別無選擇的舉動完全出自本能，如同在街上看到小孩就要遭汽車輾過一樣趕緊拉住小孩。否則如何解釋那些不會游泳的人，為了溺水的人也跟著緊急從橋上跳進河裡？只因為一股神奇的力量主導了那些人，使得自己願意跳下水，來不及顧慮自己的舉動是否失去理性，是否過於魯莽。我當時就處在這樣的狀況裡，沒多考慮，毫無想法，不知不覺跟著那個不幸的人，從賭廳走到大門口，從大門口走到露臺。

「我想，您或是任何人，只要見到那種狀況，必定也會被那股莫名的擔憂牽著走。想像一下，一個不過二十歲左右的年輕人，卻像個老人一般舉步艱難地走下臺階，醉漢似地搖搖晃晃往大路旁的露臺走去，四肢無力而傷心欲絕的模樣，看了真是可憐。然後，他像個沉重的袋子落下般突然癱在長椅上，那模樣再次令我不寒而慄。那是個走投無路的人。會那樣倒下的人，若不是全身肌肉癱瘓，便是個死人。他的頭倒掛在椅背上，臉朝向一側，兩隻手臂下垂，整個人癱軟，失去了形狀。煤氣街燈虛晃的幽影中，路人恐怕會以為那是個遭槍殺的人。我當時突然有種感覺，卻不清楚怎麼會有那樣的感覺，腦中浮出一個畫面，具體得恐怖。我望著他的那一瞬間，直覺他身上必定有槍，明天早上，人們將會在一張長椅上發現躺在血泊中的身體，沒了生命跡象。他那種任自己往下癱軟的模樣，像是墜落深谷的石頭，不到谷底是不會停止墜落的。我從未見過一個身體可以表達出那麼萎靡而絕望的姿勢。

「您現在不妨想像我當時的處境：站在長椅後方，隔著二、三十步的距離，而長椅上躺著一個人，動也不動，頹廢而絕望。我感到無能為力，進退兩難，既想緊急向前救援，卻又因受傳統禮教的潛移默化，不敢對路上的陌生人說幾句安撫的話。煤氣燈的火光幽冥，夜空的陰雲飄蕩不定，午夜將至，路上幾乎見不到行人，我等於是獨自在花圃裡面對一個看來像是自殺身亡的軀體。我一再逼自己振作起來走向他，五次、十次，卻一再讓自己的害羞驅離回來。在我退卻的那一刻，或許是深藏的本能告訴我，若有人不假思索地伸手抓住另一個就要跌倒的人，自己往往也會跟著跌倒。我就那樣躊躇不決地來來回回，那種處境的瘋狂與荒謬連自己都很清楚。我既不敢開口又不肯走開，什麼都沒做，又不願拋下他。您可能不相信，我就那樣在露臺猶疑徘徊了將近一小時。在那永無止盡的一個小時之中，隱而不見的海浪啃蝕著時間，拍擊過千次萬次，起伏過千回萬回。一個人徹底絕望的影像，竟是那麼令人心慌意亂，牢牢困住了我。

「可是，我找不到勇氣開口說話或做點什麼。我最後可能會那樣一直待到三更半夜，而難以理性一點、自私一點地索性不管他，放過自己，乾脆回到住處。是的，我曾想過轉身離開，不顧他悲慘的遭遇，甚至一度下定了決心。但一股超乎人為的力量戰勝了我的決定，使我依然躊躇不定。因為天空下起雨了。那天，風早已引來水氣漫漫的春雲，沉厚地壓在海面上，人也跟著天空沉重了起來，教人整晚感到胸口滯悶，心頭抑鬱。就在那時，一滴雨驟然打落地面，隨即大雨滂沱，如萬鼓齊鳴，而風追逐著雨，飄飄搖搖。我不假思索地逃進報亭，躲在擋雨板下，撐開的傘不足以擋住風雨。雨柱濺出的水滴打溼了衣服，隨著雨點滴滴答答地擊落，地上冰涼的泥沫濺上了我的手、我的臉。

「而我看見了……」一想到那驚人的景象，二十五年後的今天，我的喉嚨仍不免緊哽著……「我看見了那個不幸的孩子在嘈嘈切切的風雨裡，依舊不動地癱在長椅上。檐溝上的雨水竄流四散，市中心那一頭的車聲依稀可聞，行人撩起大衣四散而去，任何有生命的東西頓時變得渺小，倉皇地各自躲避或奔逃各處。一場暴戾的風雨驚嚇了人，也驚嚇了動物，只有長椅上那團黑色的人影動也不動。我之前才說過，那個人擁有表達情感的天賦，或動或靜都那麼生動又有魔力，而在那一刻，他不動了。人間還有什麼東西可以表達那種絕望，那種對自己徹底的放棄，那種槁木死灰般的活人形象；還有什麼東西可以捕捉那種靜止不動，那種任由風吹雨打、麻木不仁的坐姿，那種萎靡不振，連站起來走幾步路去躲雨的必要都放棄了，毫不在乎自己的存在。我想，沒有任何一位雕塑家、任何一位詩人，甚至米開朗基羅或但丁，也無法透過某種有力的手法，將人世中極度的絕望與淒涼，如眼前景象這般震撼地呈現出來——一個活著的人任憑風吹雨打，他已經毫不在意，已經失去力量，以致於一點保護自己的動作都沒有。

「我忍不住了，別無選擇地跳進雨中，衝過刺人的雨鞭，去搖動長椅上癱成一團的人。『過來！』我抓起他的手臂。他痛苦地直視我，眼神中有某種模糊難辨的東西，似乎體內還有某種東西正緩緩地試圖壯大，但沒有回應我。『過來！』我繼續抓著溼透的袖子，當下有點生氣了。他不自覺地站起來，身體搖搖擺擺地問我：『您有什麼事？』我完全無法回答。我其實自己也不知道能帶他去哪裡，只是單純想帶他離開那冰涼的大雨，離開那絕望的深淵，別繼續沉溺在神智不清、自尋死路的絕望裡。我不放手，依然緊緊拉著他，把一個喪失心志的人拖向報亭，至少在狂風驟雨的吹打中，那裡還有個稍能庇護的遮雨板。我根本不知道接著該怎麼做，只想拉他躲雨，別無想法。

「就那樣，在那早已打烊的報亭前，在那只有一小片檐角的庇護下，我們兩人背抵著牆，並肩站著。冰冷的雨水沒放過我們，借了風力，沒完沒了地突襲過於侷促的空間，打溼了我們的衣服和臉。情況變得難以忍受，我必須離開。我不能和一個溼淋淋的陌生人就那樣一直站下去，卻又有所顧慮；既然把他拉來，什麼話也不說地拋下他，那也不對。情況必須改變。我的思緒漸漸清楚，最好的作法是叫輛車送他回家之後，再自己回家。只要過了今晚，他應該是可以自己解決問題的。我於是對著身邊動也不動、兩眼只盯著夜雨飄搖的人，開口問他：『您住哪裡？』

「『我沒地方住……今天才從尼斯到這裡來的……我們不能去我住的地方。』我當場沒聽懂最後一句話，後來我才明白他以為我是……是那種晚上在賭場周圍走動的妓女。當地有很多那樣的妓女，希望從走運的賭客或喝醉的男人身上撈點錢。話說回來，他還能怎麼想呢？連我自己都是到了此刻對您說起時，才覺察到當時的狀況實在匪夷所思，難以說服別人。我把他從長椅上拉起來，毫不端莊地拖著他走，實在不是淑女會做的事。但我當場沒意識到這點，等我發現時已經遲了。太遲了，要是我早一點發現這個難堪的誤會，就絕不可能接著說出加深誤會的話：『那就找一家旅館吧。您不能一直待在這裡，您總得找個地方過夜吧。』

「話才說完，我立刻察覺到他那傷人的誤會。因為他沒轉身看我，只是幸災樂禍似地吐出幾句話：『不必了，我不想開房間，也沒興趣。你省省力氣吧。你搞錯對象了，我沒有錢。』

「他的語調聽來冷酷，漫不經心得令人心驚。一個軟綿綿靠在報亭壁板的人，渾身溼透，溼透到骨子裡，溼透到枯竭的靈魂裡。我愣住了，沒時間計較他粗魯的冒犯。我當時只有一種感受，自從看他在賭廳裡蹣跚搖晃時就有的感受，即使到了匪夷所思的時刻也一直持續的感受——一個好端端的年輕人，還有生命，還有呼吸，卻站在生死的臨界點上，我必須救他。於是我跨近他一步，我說：

「『走吧！不用擔心錢的事，您不能一直留在這裡。我會幫您找個地方過夜的。您什麼都不用擔心，只需要跟我走！』

「周遭的雨聲沉悶，檐溝汩汩的水流濺到我們的腳上。他轉過頭來，我感覺到在暗處的他，第一次努力想看清我的臉。他的身體也慢慢從麻木中甦醒。

「『好吧，隨便你吧！』他接受了：『還不都是一樣……反正，又有什麼大不了的？我們走吧！』我撐開傘，他靠向我，挽起我的手臂。突然的親暱舉動使我很不舒服，甚至嚇到了我。我打從心底感到不自在，卻沒有勇氣阻止他，要是在那時推開他，等於讓他又跌回了深淵，那麼之前所做的都白費了。我們往賭場的方向走了幾步路之後，我還是不知道接下來該怎麼做。我想了一下，最好的方式是我帶他去某個旅館，然後塞些錢給他，好讓他可以付住宿費和明天回家的車資。我沒有更多想法了。那時賭場前正好有幾輛出租馬車經過，我叫住其中一輛，上了車。車夫問要去哪裡時，我一時答不出來。我猜想，高級旅館是不會讓我身邊那個渾身溼透的人入住的。如今想來，像我這種女人，實在涉世不深，不但完全沒料到自己說的話會讓人想入非非，反而爽快地對車夫說：『隨便找一家小旅館吧！』

「淋溼的車夫面無表情，司空見慣似地駕起馬車。坐在我一旁的陌生人不發一言，車輪軋軋作響，雨水劈劈啪啪地猛抽車窗。那黯淡無光、狀似棺材的車廂裡，我彷彿正陪伴著一具屍體。為了紓緩異常難耐的死寂，我試圖找話說，但一句話也想不出來。幾分鐘之後，車停了。我先下車，付錢給車夫時，那個人睡意矇朧地跨步出來，關上車門。我們站在一個陌生的小旅舍前，門上有一小片玻璃篷替我們擋雨。單調得令人心煩的雨聲，劃破了夜的深沉與靜謐。

「那個素昧平生的人，不得不靠著牆來減輕身體的沉重。水從他溼透的帽沿和衣服的皺摺裡滲出來，滴滴答答地流淌著。他像個剛被人從水裡撈上岸的人，神情還在半昏迷狀態，身體抵著牆的部分不斷滲出水，成了一道水流。但他一點都不理睬，也不抖抖身體、不甩甩帽子，而是任由水從帽子不停滑過額頭，滑過整張臉。他就在我眼前，面無表情。看著他那頹喪的模樣，我不知道怎麼對您說我當時是如何的悸動。

「無論如何，總該做些什麼吧！我從皮包裡掏出了錢，對他說：『這是一百法郎，您拿去訂個房間，明天早上搭車回尼斯去吧。』

「他吃驚地看了我一下。

「『我在賭場看到您的情況了，』我發現他有點遲疑，語氣堅持地說：『我知道您輸光了錢，也擔心您會在這節骨眼上做出傻事。拿著吧，危急時接受幫助並不是什麼丟臉的事……拿著吧！』

「他卻推開我的手，我簡直不相信他還有力氣那麼做。『你真是個好心人，』他說：『只是別浪費錢了。我無可救藥了。過不過得了今晚，我都無所謂，反正到了明天，全都完了。沒什麼可幫我的了。』

「『不行，您就拿著吧，』我硬逼他：『到了明天，您就會有不同的想法。現在先進去旅舍，好好睡一覺吧，白天的世界自有另一種面貌。』

「我又把錢交給他，他幾乎是用力把我的手推開。『沒用的，』他的聲音瘖啞，重複地說：『沒用的，什麼用處也沒有，這種事最好在外面搞定，免得讓血玷汙了房間。別說一百法郎了，就是一千法郎也救不了我。只要我身上還有幾個法郎，明天就又會回到賭場，不到輸光的地步是不會離開的。這種事，何必一再重演呢！我受夠了。』

「那瘖啞的聲音滲進我的心靈，滲得如此之深，是您無法料到的。但請您想一想，站在您面前不到兩步路的距離，是一個相貌堂堂、四肢健全、生命力正該旺盛的年輕人，若當時不盡力伸出援手，拉他一把，您知道的，一個會思考、會說話、會呼吸、正值青春年華的生命，不用兩個小時就成了一具屍體。我當下有股無名火，想要對抗他無理的拒絕。『夠了，別傻了！您進去旅舍，訂個房間，明天早上我來接您去車站，您得離開這裡，明天就得回家去，沒看到您拿著車票上車，我是不會罷休的。年紀輕輕的，因為輸掉幾百法郎或幾千法郎就把自己逼上絕路，沒必要的。那是懦弱，是意氣用事，是一時糊塗。等明天一到，您也會認為我說的有道理！』

「『明天！』他的聲調怪異，是辛酸，也是挖苦：『明天！但願你曉得我明天會在哪裡！但願我自己也能知道，說真的，我還真想知道呢！算了，你回去吧，小寶貝，不用麻煩了啦，也不必浪費錢了。』

「但我不放過，心中升起某種暴躁、某種剽悍。我用力抓住他的手，硬把鈔票塞進他手裡。『把錢拿去，現在就進去！』話一說完，我果決地去拉了一下門鈴。『好了，我拉過門鈴了，門房馬上就過來了。您進去吧，好好睡一覺。我明天早上九點在門前等您，然後帶您去車站。您不必操心，該做的事我會替您安排，我會讓您好好回家。不過，現在快去躺下來吧，好好睡一覺，別再多想了！』」

「就在那時，旅舍內響起鎖頭的轉動聲，門房拉開了大門。

「『過來！』他突然說道，語氣堅定、暴躁而乾脆。我感覺到他那硬得像鐵一般的手指揪住我的手腕。我嚇了一跳……完全慌了，欲振乏力，如同遭到電擊，頓時六神無主……我想反抗，想要掙開……意念卻癱瘓了……我……您瞭解的……我……門房站在那裡，等得不耐煩，我卻在他面前和一個陌生人拉拉扯扯，我羞愧極了。就那樣……就那樣，我發現自己一下子就進到旅舍裡面了。我有話要說，聲音卻哽在喉嚨裡……

「他那緊抓我臂膀的手，力道強勁又專制……我根本沒意識到自己在做什麼，迷迷糊糊任由那隻手把我拉上樓……門發出上鎖的聲音……驀然之間，我發現自己和一個陌生的人共處在一個陌生的房間，身在一個到今天我都還不知道名字的旅舍裡。」

C女士再度停頓，她的聲音似乎不再聽命於她了。她突然起身，走向窗口，靜靜望向窗外好一陣子，或者，她只是把額頭貼在沁涼的玻璃上。總之，我沒有勇氣仔細看她，因為觀察一個情緒波動的老太太令我於心不忍。我也只好靜靜坐著，不發問，不吵她，一直等到她心情平復地走回來，重新在我對面坐下。

「就這樣了……最難啟齒的，現在都已經說了。我希望您能相信我，我以最神聖的態度，以我個人名譽以及兩個孩子的名譽向您發誓，直到最後關頭，我一點都沒料到會與那個陌生人發生……發生關係。那並非我的本意，但我卻喪失了自覺，因而在平順的人生道路上，突然栽進如此的處境。我對您也對我自己發過誓，務必坦誠，因此容我再次對您說，我的初衷是為了拯救那位年輕人，不帶任何私情，不帶任何私心，更不是為了任何一種欲望。或許我太著急了，以致於冒險地掉進一段悲劇性的際遇。

「至於那一夜在房間裡發生的事，請容我省略不提吧。過去，我從未忘記那一夜的一分一秒，未來也不會忘記。那是生死攸關的一夜，是的，我得再說一遍，為了挽救一個年輕人的生命，我是在和那個人纏鬥。我的每一條神經都清清楚楚感受到，那個素昧平生的人已經毀了大半，為了把握最後一塊能拯救靈魂的浮木，他以最熾熱的情欲面對死亡的威脅。他彷彿意識到自己如臨深淵，所以緊緊抓住了我。而我自己，終究毫不保留地全然付出，為的是能救回他。那刻骨銘心的一個小時，人的一生中難得經歷一次，千千萬萬人之中，大概只有一個人會遇到，我更沒料到自己竟是其中之一。遇到如此自暴自棄的人，體驗到他那絕望的力量可以那麼強大，情欲可以那麼奮不顧身，那是某種吸乾生命最後一滴腥血的渴望。那種魔鬼附身的感覺，距今已經二十多年了，早已離我的生活遙遠。但是，若不是那段經歷，我很難領悟到，人性在一瞬之間竟能同時蘊涵崇高與詭譎、火與冰、生與死、狂喜與絕望。那一夜，充滿了纏鬥、辯論、激狂、憤恨、哀求的淚水與狂喜的迷醉。那一小時猶如千年，最後兩個人交纏地一同墮入深淵，一個是執意想死，另一個是無辜無知。當我們從哀莫大於心死的深淵中走出來時，我們兩人都有了轉變，有了不同的感知，不同的感情。

「只是，這部分我就不多說了，反正我也說不清楚。但我必須告訴您，隔天早上當我醒來的那一刻有多麼離奇。我從未睡得那麼深沉，我從重如鉛塊的睡眠中醒來，久久才有辦法把眼睛睜開。第一眼看到的是我頭上的天花板，一個陌生的房間，我再多看幾眼，覺得自己是在一個不認識的地方，搞不清楚自己怎麼掉到這種地方來。我起初還強迫說服自己是在作夢，是因為睡得太沉，神智不清，夢境才會格外的清晰鮮活……可是窗前那亮閃閃的一片，明明是晨光哪，是白晝的陽光哪。街上的喧鬧陣陣傳來，馬車轉動的車輪聲，電車的鈴鐺聲，路人的七嘴八舌……我知道自己不是在作夢，而是醒著。我不由自主挺直上身，想清醒清醒一下，卻發現……就在我往旁邊看一眼時……看到了……我當時的震驚實在難以向您形容……有個陌生男人就睡在我旁邊……而且詭異地半裸著身體。一個我不認識的人，卻和我同睡一張床……我……我知道那種驚心動魄已經超過我能用語言表達的。我只知道當時自己因為驚嚇過度，身體立刻又倒回床上。但我並沒有昏過去，也沒有神智不清，相反的，意念卻莫名的清楚。我只想死，發現自己和一個完全不認識的男人共處在一個不知名的旅舍，我竟然還睡在同一張床上，一念之間，情何以堪，我羞愧得想當場死去。我還清楚記得自己的心跳暫停了。我憋住呼吸，以為如此一來就能了結生命，尤其是終結意識。我要終結那鮮明的意識與恐懼，終結能感知一切卻無從理解的意識。

「我就那樣躺著，四肢僵冷，究竟躺了多久，恐怕永遠不得而知。但我想，躺在棺材裡的死人大概就是那樣的僵硬冰冷吧！當時，我閉上眼睛，向上帝和所有的天神祈禱，但願一切都不是真實的，不是確切的。只是，我纖細的感官卻不容許我有任何幻覺，我聽見從隔壁房間傳來的交談聲和水滴聲，從門外傳來的腳步走動聲，種種跡象都證明了我的感官所偵測出的是現實，既百口莫辯又慘不忍睹的現實。

「那種慘況究竟持續了多久，我實在說不清楚了，那絕非是日常生活中的時間感，當時的一秒鐘已經不是一秒鐘了。接著，我猛然感到另一種恐懼，一種更無法駕馭、更難以承受的恐懼。我怕那個沒名沒姓的人會醒來對我說話，當下只有一個念頭，趁他醒來之前趕緊穿上衣服逃走，那是唯一的辦法。別再讓他看到我，別再讓他對我說話，我還來得及救回自己。我要離開。快、快、快，不管生活將會如何，我要找回我的生活。我要盡快趕回旅館，立刻搭上第一班列車，遠離那個悖德之地，離開那個國家，不再見到那個男人，不再看到他的眼睛，不留證據，不讓人指控。那想法驅散了我的昏沉，我如履薄冰，像個小偷般不發出任何聲響，一點一點地挪動身體，然後下床摸索衣服。我小心翼翼地開始穿衣服，每一秒都擔心他會醒來。等我穿好衣服，幾乎可以成功離開了，只差床腳旁的帽子。我躡手躡腳走到床的另一邊，去拿回地上的帽子……而在低頭的那一瞬間，我實在忍不住想再看一眼那陌生男子的臉，那猶如屋頂上的落石般從高處砸進我生命的臉。我想看他一眼，可是……怪事發生了，那個正睡著的年輕人，我竟然完全認不出來，徹徹底底的陌生。我竟認不出那張臉是前一晚遇到的臉，那臉上緊繃的肌理、激動的皺紋、賣命似的亢奮與失控的表情全都撤退了……。舒展在我眼前的是截然不同的面貌，稚氣的臉散發純真的光采，像個小男孩。前一晚還抿唇咬牙的嘴，在睡夢中微微張開，形成略帶笑意的圓弧，鬈曲的金髮落在皺痕退去的前額，安穩的呼吸從胸前盪漾到全身，猶如緩緩起伏的波浪。

「您或許還記得我先前說過，在賭桌前，我還沒觀察到任何人能像那陌生人一樣表現得如此激狂，既貪婪又熱情，幾乎到了可視之為暴力的程度。現在我還要對您說，有時嬰兒在睡眠中會露出天使般的聖潔光輝，但我從未見過像他那種安睡的表情，可以那麼剔透純淨，宛如身在極樂世界。那張臉宛如藝術極品，傳達出天堂般的無憂與自在，化解了內心的沉痾。那驚人的景象卸除了我所有的焦慮與恐慌，像是沉重的黑外套從身上滑落……我不會再感到羞愧，不會了，而是近乎喜悅。那段可怕而費解的奇遇突然之間有了意義，我為這新發現的意義感到喜樂，感到自豪。眼前俊美精緻的年輕人，睡得如此沉靜安詳，如鮮花靜靜綻放。如果沒有我的犧牲精神，人們發現的他會是倒在某處岩石上，腦袋開花，面目全非，眼球外翻，渾身是血，沒了生命。是我救了他，他得救了！望著那個沉睡中的人，我的眼神帶著母性——我找不到其他的用詞。我看著我所給予生命的他，而給予過程中的痛苦，竟多過於生出自己的孩子。在那腐朽骯髒的房間之中，在那龍蛇混雜的旅舍裡，一時之中，我竟有種置身教堂的感覺。您大概會認為我的用詞可笑吧，那情愫猶如我在教堂裡所感受到的神蹟、淨化與無限喜樂。原本是我一生中最恐懼的時刻，卻在我內心衍生出另一個時刻，兩者情同姊妹，最驚心動魄的與最扣人心弦的，相依並存。

「不知我發出了什麼聲響，或不自覺說出了什麼話？無從得知了，總之，那雙睡夢中的眼睛突然張開。我嚇了一跳，往後退了一步。他詫異地環顧四周……和我之前所做的沒兩樣，似乎輪到他從無盡的混沌深處艱難地清醒過來。他的眼神對著怪異的房間飄蕩了一圈之後，落在我身上，愣愣地望著我。在他開口說話之前，在他回過神來之前，我已經下定決心，絕不讓他發問，絕不讓他親近。昨晚什麼事也沒發生，更不會在今晚重蹈覆轍，什麼都不用解釋、不用討論。

「『我現在得走了，』我迅速對他示意：『您留在這裡，穿好衣服。我們中午在賭場門口見，到時我會為您安排好一切。』

「趁他還沒回答我半個字，我頭也不回地逃開了那個房間，跑離那棟建築。我過夜的那個地方和那個陌生人的名字，我至今依然不知道。」

C女士深深吸一口氣，中斷了敘述，但語調中的緊張與痛苦都消失了。如同上坡的車子，先是費力難行，等過了山頂之後，下坡自然變得輕快。她接下來的敘述，如釋重負般的流暢：

「於是我跑回我的旅館。明媚的晨光灑在路上，雨過天青了，沉重的陰霾一掃而空，我心中的沉痛也消散無蹤。這麼說吧，請別忘了我之前提過的，自從丈夫去世後，我活得了無生趣。我的兩個孩子不需要我，我也不在意自己，一個沒有確切奉獻目標的生命終究是蹉跎。我萬萬沒想到，生平第一次有個重責大任降臨到我身上——我拯救了一個人，竭盡所能地將他從毀滅中拉回來，只需要再克服一個小障礙，我的使命便能圓滿達成。我回到旅館，門房看我早上九點才回來而顯得意外，但我毫不在意他那斜睨的眼神，內心原有的羞愧與傷痛全都蕩然無存，取而代之的是重生的活力。煥然一新的感受使我朝氣蓬勃、渾身是勁。我到房間後立刻換裝，不自覺地褪下喪服——這是我後來才注意到的——換上了顏色較為明朗的服飾。接著再去銀行提款，然後趕到車站詢問列車出發的時刻表，此外還辦了幾件事、赴了幾個約。我變得那麼果決明快，連自己也十分驚訝。最後該做的，只剩確定那個人回到自己的國家，確定我沒有辜負命運託付我的助人使命。

「坦白說，要再次走向他、回到他面前是需要力量的。因為前一晚所發生的事都是在幽黯之中，彷彿兩顆石頭在河流湍急的漩渦中猛然相撞。我們幾乎沒有正面相視過，更算不上認識，我甚至不確定那個異鄉人會認出我來。前一夜……那是偶然，是昏醉，是兩個誤入歧途的人中邪似的荒唐行徑，但到了白天，我必須在他面前顯得落落大方。在毫不留情的光天化日之下，我是一個活生生的人，必須以真實的面孔與個人特質向他走去。

「還好，見面過程比我以為的容易得多。約定的時間一到，我才剛走向賭場，便見到長椅上的年輕人迅速起身，來到我面前。他帶著自然、稚氣和開心的神情向我飛奔而來，一舉一動都能表達出豐沛的情感，神采奕奕的目光流露著感激與敬意。一見到我尷尬的眼神，他立刻收斂地低下頭。表達感激之情，這在一般人的身上是多麼難得一見啊！心懷感激的人往往不知如何表達，因此外表看來木訥而不知所措，其實內心害羞、困窘而故作姿態，反而藏住了自己的情感。而那個人，舉手投足之間都顯出表情達意的才能，是那麼的生動、優美而且渾然天成，彷彿上帝是個神奇的雕塑家，在他身上刻劃出如此動人的儀態。他那表達感激的姿勢是如此的光采，全身上下彷彿發出熱情的光芒。他向我鞠躬，吻我的手，虔誠地低下那線條細膩而稚氣的臉，尊敬地以雙唇輕觸我的手指，持續一分鐘之後，才退一步向我問安，關心地注視我。他說的每句話都那麼得體、那麼有教養，幾分鐘後，我原本的顧慮逐漸散去。境由心生吧！隨著我的釋懷，四周的景色也變得一片祥和。前一夜怒濤洶湧的大海變得靜謐澄澈，可以望得見最遠處的粼粼波光，看得見岸邊清波盪漾下的細卵石。雨過天青、清朗如緞的天空下，那座摩爾人風格的建築、罪惡淵藪的賭場，變得潔白無瑕。讓我們擋風避雨的報亭，原來是一間花店，擺滿了花花草草，白的、紅的、綠的，數不清的顏色，偌大的花店裡，賣花的是一位衣著秀麗的少女。

「我邀請那位年輕的異鄉人到小餐館共進午餐。席間，他對我說起他悲慘的遭遇。他的故事完全證實了我最初——當我見到綠桌毯上那雙顫動、緊張的手時——的揣測。他出身奧國波蘭裔貴族的後代，在維也納就學，住在任職參謀總部高級官員的叔父家。他的職志是將來能進入外交部，一個月前才以優異成績通過第一輪考試，叔父為了獎勵他，當天帶著他乘坐馬車到普拉特公園的賽馬場慶祝一番。他那天的賭運很好，連贏了三輪，然後帶著大把大把鈔票和叔父兩人去了豪華餐廳晚餐。隔天早上，那位未來外交官收到父親獎勵通過考試的匯款，金額等同一個月的生活費；兩天之前，那筆錢在他眼中還是個大數目，但有了不費吹灰之力就能贏得大把鈔票的經驗後，那筆錢變得微不足道了。正因為如此，他那天才吃過午飯便又去了賽馬場，亢奮地狂賭了一番，而且好運連連——也許應該說是厄運臨頭——當他賭完最後一輪離開普拉特公園時，身上的錢多了三倍。從此嗜賭的他，進出賽馬場、咖啡館、俱樂部，一賭再賭，賠掉了時間、學業、精神之外，更輸掉了錢。他再也不能思考，夜裡再也不能成眠。他再也把持不住自己了。有一次，他在俱樂部裡輸得精光，晚上回到家，脫下衣服時，發現背心口袋裡還有一張皺成一團的鈔票，是他遺忘的，於是他忍不住又穿上衣服，無頭蒼蠅似地在外頭東跑西跑，直到發現有人在玩骨牌的咖啡館，在那裡賭到了黎明。還有一次，某個地下錢莊念在他是望族之後，爽快地借他一大筆賭債，後來是由他已出嫁的姐姐替他還清的。有一段時期，他的賭運很順……但接著愈變愈糟。他輸得愈多，把錢贏回來就變得愈重要，否則他無法贖回借據和緊迫追討的債款。他早把錶和衣服當掉，於是可怕的事終於發生了：他從櫃子裡偷走兩枚老孀孀不常戴的大胸針。他當掉一枚，換了一大筆錢，當天晚上便拿去賭，贏了四倍。可是他不但沒去贖回胸針，最後還把所有錢輸得一乾二淨。他又當掉第二枚胸針，靈光一閃，臨時決定到憧憬過的蒙地卡羅，夢想著在輪盤賭局上大贏一場。於是買了火車票，而且直到出發前一刻，偷竊的事仍未被發現。他把皮箱、衣服和傘脫手賣人，身上只剩四發子彈上膛的手槍，還有一小枚從不離身的貴寶石十字架，那是他的教母X公爵夫人送他的。當天傍晚，他終究還是把小十字架換成了五十法郎現金，只為了在晚上能做最後一搏。他想嘗到賭贏的滋味、生命的滋味，又或者，死亡的滋味。

「他說話的過程中，帶著優雅、獨特的氣質，令人感到活著是多麼迷人的一件事。我入迷地聽著，專注而感動，竟然沒有忿恨不平，竟然沒有一刻想到，與我同桌共餐的人無論如何也是個小偷。我向來是個行為正派、與人往來循規蹈矩的人，要是一天前，有人射影含沙地說我隨隨便便和一個素昧平生、年紀比自己兒子大不了多少、還是偷竊珠寶的小偷在一起……我只會把那個人當成精神失常。但眼前的年輕人所說的事毫不令我反感，他說得那麼理所當然，彷彿那件事不過是生病發燒所引起的，並非不可告人的醜聞。再說，像我那樣在前一晚歷經了毫無預警、洩洪潰堤似的一場意外，『不可能』這個詞儼然失去了意義。我在那十個小時之內所體驗與認識到的真實生命，遠遠超過以往四十年的布爾喬亞生活。

「在他告解似的吐露之中，還有著某種使我悸動的東西——他的眼睛，亮出一抹又一抹的火光，尤其是當他提到賭博的激動情緒時，那火光如電流一般地牽動臉上的每一條肌理。光是提到賭博，就足以使他振奮，表情鮮活，一下激狂，一下懊惱，每一個轉變都細膩而緊湊。他那輕巧、迷人的雙手，也按捺不住地回到賭桌上的緊張模樣，貪婪而狂烈地舞動著。聽他敘述的同時，我看著他的手，關節猛然微微顫動，發出聲響，有力地蜷曲成拳頭的模樣，忽然又釋放開來，隨即又兩手交握，彼此纏繞。在他說到偷胸針時，兩手模擬當時狀況，飛快地伸手一抓，我當場毫不自覺地打了個冷顫，身歷其境似地看見了那幾個手指如何撲向首飾，一把抓住後又趕緊握進掌心之中。我看出眼前那個人中毒之深，癡迷的毒素連他最後一滴血也沒放過，我莫名地心驚了起來。

「那麼一個年輕開朗、本該無憂無慮的人，卻受荒唐無知的癡迷所控制，這是他敘述裡最令我感到恐怖而於心不忍的一點。縱然萍水相逢，我卻認為自己絕對必須負起保護他的責任，於是和藹地勸他趁早離開蒙地卡羅。那種地方的誘惑實在太危險了，他應該當天就走，趁有人發現首飾被偷之前，趁還沒毀掉自己大好前途之前，趕緊回到自己的家。我答應給他旅費和贖回首飾的款項，唯一條件是他必須搭上當天的火車，並以名譽擔保，發誓從此不再碰一張賭牌，不再加入任何賭局。

「我永遠忘不了，一個迷失的陌生人，如何在聽我說話時，神色從沮喪轉為開朗，真切地露出感激之情。我永遠忘不了，他饑渴地聽進我說的每一句話，聽到我提出資助的承諾時，他的兩手突然越過桌面握住我的手，那帶著虔誠發誓的姿態令我難忘。他凝望著我，迷離的雙眼泛著淚光，一種幸福感令他情緒波動得全身顫抖。我已經好幾次嘗試對您形容他的身體和姿勢具有非比尋常的表達力，但他那時的表現卻是我難以描述的，那是一種如獲真福的喜悅與神往，幾乎難以在人的身上顯現，唯一能形容的，大概是夢寐之間，以為看見的白影是倏忽而過的天使吧。

「我又何須隱瞞呢，我無法抗拒他的眼神。接受他人的感謝，那種幸福感是多麼難能可貴的經驗；為人著想是一種美好的感受，對謹守本分、平淡如水的我而言，是嶄新的經驗，其中交融著光榮、善行與甜美的滋味。周遭的景致也一如那身心受到重創的人，一夜風雨之後，豁然開闊。當我們走出餐廳時，迎向我們的是寧靜祥和的大海，碧波盪漾，海天一色，一望無際的湛藍之中，點綴些許白影，那是海鷗飛翔的身影。您必然也熟悉蔚藍海岸的景致，向來美麗得令人印象深刻，只是有點褪色似地迷濛，猶如一張風景明信片，柔和的色彩讓人看來有種慵懶之美，似乎不在意人們的目光，而近乎東方式地甘於埋藏自己的風華。不過，非常難得的，也有那麼幾天會甦醒過來，自信滿滿地對人們展露著絢爛瑰麗、雍容華貴的容顏，令人感到光采耀眼而且感性如火。那一天，經過一夜的風暴與混亂後，正是那種振奮人心的景致。雨水洗過的街道清新而光鮮，天空碧藍透亮，處處可見的樹叢看來飽滿多汁而釉綠，色彩十分斑爛。沉浸在陽光與寧靜氣息中的山巒，突然顯得更為清晰可見；距離更近了，它們似乎因為好奇而盡可能地親近這座梳妝得璀璨的小城。盡收眼底的自然美景，彷彿既是挑釁又是邀約地鼓舞人們出遊，教人不禁心花怒放。於是我說：『找一輛馬車，我們去峭壁那邊走走吧！』

「那個年輕人興高采烈地點點頭，想必自從他抵達後，第一次看見也才留意到當地的風光。在那之前，他所知道的不過是窒悶躁熱的賭場，汗水蒸騰、龍蛇混雜的賭廳，還有那一片灰濛陰沉、狂囂不已的海洋。此時鋪展在我們眼前的是淋滿陽光、綿延無盡的扇形海灘，我們幸福地眺望著，目光愈行愈遠。我們坐上馬車，悠悠前進，當時還沒有汽車呢！沿路美景處處，經過了許多別墅，與許多人的眼神交會；一次又一次經過松樹圍繞、如傘遮蔭的別墅與豪宅，一個私密的渴望油然而生：這真是安享餘年之處，幽靜愜意，與世無爭。

「我這一生中，還有比那一小時更教人感到幸福的時光嗎？我不知道。在馬車裡與我並坐的年輕人，前一天還陷在命運的荊棘與死神的魔爪裡，而這時的他，煥然一新地沐浴在白花花的陽光下，看來年輕了好幾歲。他似乎又變回了小男生，一個正在玩耍的漂亮小孩，炯炯有神的雙眼裡充滿著對人的尊敬。最討我歡心的是他那細膩而機伶的貼心，當馬兒吃力地拖著車子上坡時，他敏捷地跳下車，在後面幫忙推著；要是我說出某個花名，或是指一指路旁的小花，他便跑去採了回來；當他看見前一晚在風雨中迷路的小甲蟲，辛苦地在路中央爬行時，他小心地拾起甲蟲送到青草地裡，免得讓車輾過。途中，他不時笑聲朗朗地說著非常有趣又美妙的事。我相信，他不得不藉由笑聲來抒發內心滿溢的幸福與陶醉，不然的話，他可要高聲唱歌，或是蹦蹦跳跳地做出人來瘋的舉動了。

「到了山頭，我們緩緩經過一個非常小的村落，他恭敬有禮地摘下帽子。我意外地感到不解，他這麼一個身在異國的外地人，會向誰致意呢？他對我的疑問臉紅了一下，幾乎是不好意思地對我解釋，我們當時經過一個小教堂，波蘭天主教教徒從小養成遵守教規的習慣，在教堂或聖殿前會脫帽致敬。我向來為宗教的虔誠情操深深感動，同時想起了他提過的那個小十字架，於是問他是否相信上帝。問話之中，他的表情略帶靦腆，然後態度謙卑地對我坦白，他希望能蒙受主恩，獲得赦免。我突然靈機一動，向車夫喊了一聲：『請停車！』接著匆匆下車。他跟著我，詫異地問我：

『我們要去哪裡？』我只回答了一句話：『請跟我走。』

「我讓他陪著我，走回那座小教堂，一座磚砌的鄉村聖殿。殿內塗上石灰的四壁，在幽黯之中看來灰濛而空蕩。大門開啟，一道金黃的光束劃過幽黯，落在小祭臺周圍，化為泛藍的光影。兩支燭光宛如迷離的眼神，在燃香的裊裊青煙之中與我們對望。我們進了聖殿。他摘去帽子，雙手伸進聖水盆，然後手劃十字地拜跪。等他一起身，我便拉著他的手臂。『來吧。』我毅然決然地說：『我們去祭臺前，選一尊您所崇敬的神像，照著我的話起誓。』他先是驚訝，幾乎是畏懼地看著我，但隨即明瞭用意，然後走近立著聖像的壁龕前，再次劃了十字，順從地雙膝跪下。『請照著我的話說，』我指示他，自己卻也情緒激動了起來：『重複我所說的話：我發誓，』他跟著複誦：『我發誓，』我接著說：『我從此絕不再涉足任何賭場，不再碰任何具有賭博性質的遊戲，不再讓賭癖斷送我的名譽與生命。』

「他顫抖地重複我的話，聖殿裡迴盪著他清晰有力的聲音。隨後一片沉寂，我們因而聽見了輕輕傳來微風吹拂樹葉的簌簌聲。他霎時撲倒在地，猶如悔悟的人，口中唸唸有詞，急急切切，毫不間斷說著我不懂的波蘭語。不難想見，那該是由衷而發的祈禱，帶著懺悔的謝恩禱告，因為那激動的告解使他卑微地一再低頭抵住禱告臺，口中一再重複迸出陌生的語音，熱切得難以形容；那已經不只是語言了。我遊走世界，從未在教堂裡聽過那樣激昂的祈禱，之前沒有，往後也沒有。他的雙手緊緊抓著木製的祈禱臺不放，渾身顫抖，彷彿體內有場風暴。他不時猛然抬頭，有時又撲倒在地，深深地俯身膜拜。他心無旁騖，不聽不聞，彷彿置身另一個世界，正在煉獄中承受蛻變的磨難，然後過度到聖地。最後，他緩緩起身，再次手劃十字，費力地轉過身來，雙膝仍在顫抖，一臉蒼白，看來筋疲力竭。可是一看到我，雙眼頓時明亮，露出純真的微笑，容光煥發，洋溢著虔誠而篤定的光采。他走向我，對我深深一鞠躬，是一種俄國式的行禮，並拾起我的雙手，恭敬地以唇輕觸我的手，接著說：『是上帝派遣您來的，我剛剛感謝了上帝。』我無言以對，卻希望眼前一片矮椅的上空會驟然迴盪管風琴的樂音，因為我覺得自己成功了，我已經讓這個人永遠獲得救贖了。

「我們走出教堂，回到絢麗的五月天，沐浴著一身的陽光。我眼中的世界不曾這麼美好過。我們繼續驅車前行了兩個小時，悠悠哉哉地往山頂駛去，沿途每一個山彎處都能眺望不同的美景。只是，我們不再說話了。經過一段懺情的宣洩後，任何話語都變得薄弱。當我無意間與他的目光交會時，不禁尷尬地避開，因為看著自己所完成的奇蹟，那種巨大的感動令我承受不起。

「下午近五點，我們回到了蒙地卡羅。我必須趕赴一個親戚的聚會，當時想改約也來不及了。我其實真的很想好好休息一下，紓緩內心澎湃的情感，因為那種幸福的感覺實在太濃烈了，那是我一生中從未有過的經驗。於是我請他——一個被我保護的人——陪我回旅館一下。到了房間，我把所需的旅費和首飾贖金慎重地交給他，我們說好了，在我赴約時由他去買車票，火車當晚七點半出發，他將經由日內瓦回到家。我們約好提早半小時在車站大廳碰面。可是當他看到我正要交給他的五張紙鈔時，他的嘴唇一下子失去血色。『不……不要給我錢……我請求您，不要給我錢！』他的話幾乎是從咬緊的牙之間迸出來的，緊繃的手指顫抖地縮了回去。『不要給我錢……不要……我不能看到錢。』他重複同樣的話，像是冷不防被人一擊，既害怕又嫌惡。我卻以為那是顧慮與拘泥，安撫他，就當那筆錢是借給他的，如果他真的覺得不妥，只需寫個借據給我就行了。『好吧……好吧……借據。』他喃喃回答，眼神規避。鈔票像是某種會沾黏手指的髒東西，他一接手便立刻捲成一團塞進口袋，看也不看一眼，然後倉促在紙上寫下幾個字。當他抬起頭時，額頭冒著斗大的汗珠，似乎是體內有什麼東西想奮力地掙脫而出。他手捏著紙，慌慌張張遞給我，然後全身震動了一下，突然跪倒下來，我不禁驚嚇得往後退。他跪在我面前，親吻我的裙襬。我難以描述那樣的態度，來勢洶洶地震動了我整個身體，令我顫抖不已。我渾身竄流著一道怪異的電流。我不知所措了，只好語無倫次地說：『對於您所表達的感激，我很感謝。但請現在離開。我們今晚七點鐘在火車站大廳見，到時再相互道別吧！』

「他望著我，眼中閃著感動的淚光。我以為他還有話對我說，有那麼一會兒，他似乎想向我靠近。可是，他卻突然再一次深深地、深深地對我鞠躬，走出了我的房間。」

C女士再度中斷敘述。她起身走向窗口；她望著窗外，久久不動地站著。我凝視她的側影，宛如凝視一張輕輕顫動的剪紙。突然，她轉過身來，神色堅定，原本冷靜的雙手甩了一下，似乎斬釘截鐵地撕去了什麼。她盯著我看，眼神果斷，隨即又說話了：

「我答應過您，要完全坦誠。此時此刻，我覺得這個諾言是多麼的必要。因為只有在這時候，我第一次有能力強迫自己整理混亂的思緒，找出確切的字字句句，脈絡分明地描述當年發生的事以及內心的感受，而在敘述過程中，我也才明白了當初並不清楚的情況。或許當時的我也並不想明白吧！因此，我更覺得坦誠的必要，毅然決然對您說出真相：當那個年輕人離開的那一瞬間，房間裡只剩我一個人，我的內心突然湧起一股沉重的無力感，心中像是受到了打擊。那感覺是那麼的憂傷，但我不知道那究竟是什麼，或者我根本拒絕知道。我所保護的人明明對我心懷感激，表達了無限的敬意，我卻感到受傷而沉痛。

「然而，此時的我，必須強迫自己有條有理地挖出內心最深沉的部分，像是面對一件陌生的東西。有您的在場聆聽，可以使我毫不隱瞞，不放任自己由於羞愧或懦弱的緣故而有所逃避。我如今更清楚了，那讓我感到傷心的，其實是來自失望……。那個年輕人竟然那麼聽話地離開，令我感到失望……他一點也沒有試圖把握我，留在我身邊……。我第一次請他離開，他就順從了我的話，對我表示尊重，而不是……而不是試著用力拉住我，把我拉向他……。他敬愛我，只是為了敬愛一個出現在他生命道路上的聖人，並沒有……沒有覺得我是一個女人。

「這就是我所失望的……這樣的失望，無論是當下或日後，都是我無法坦承以對的。但女人的情感毋需語言、毋需刻意便能知曉一切。所以……我不必再騙自己了……要是當時那個人抓住我，要我跟他走，那麼天涯海角我也會跟著他的。我和我的孩子的名聲都會因此蒙羞……但我會不顧別人的議論，不顧自己的理智，就那樣跟著他私奔而去，如同韓麗特女士與認識不過一天的法國年輕人所做的那樣……我不會問要去哪裡、要去多久，我不會回頭多望一眼，不會戀棧過去的生活……我會為他犧牲我的錢、我家族的姓、我的財產、我的名譽……我可以沿路乞討，只要他願意帶我走，若世上真有卑劣的地方得去，我也心甘情願。在這個社會中，人們稱之為廉恥或矜持的東西，我全都可以拋棄。只要他向我跨近一步，只要他給我一句話，只要他試圖抓住我，我便失去自己、屬於他的了。啊，只要那麼一秒鐘。

「只是……我剛才已經說過的……那個怪人，沒有把我當成女人而多看我一眼……。當時的我，多麼熱切地想把自己交給他，不顧一切地交給他。只有當我獨處時才感覺到，自己的激情因他那燦爛得近乎天使般的臉龐而澎湃著，卻由於他的離去而頓時落空，掉進虛空的胸臆深處，在裡頭翻騰、沉落、黯然。我更不情願赴約了，卻終究勉強打起精神出門。我那時感到有一頂鐵盔緊壓著我的額頭，沉重得令我腳步搖搖晃晃。等我終於來到親戚住的另一個旅館時，凌亂的思緒一如我飄晃的腳步。我在喧喧嚷嚷的親戚之間坐了下來，無精打采，有時驀然回過神，抬頭望著周遭表情呆滯的臉，一想到那張生動得猶如行雲流轉、光影變幻的臉，眼前的面容不過是一張張僵硬生冷的面具罷了。我如同置身一堆行屍走肉之中，對這類社交生活感到可怕的空洞。我把一匙糖送進杯子裡攪拌，同時心不在焉地回應了幾句話。然而，有一張令我賞心悅目的臉卻從體內浮現，彷彿是由我的熱血所攪拌而出的。我想再次凝望那張臉，只需再一、兩個小時便能見到的臉，卻也是最後一次了。多麼恐怖的念頭啊！我大概是不由自主地歎了一口氣或呻吟了一聲，因為我先生的堂妹突然靠向我，問我是不是身體不舒服，說我看來面無血色，兩眼無神。這突然其來的問題使我把握機會，像是抓住一線曙光，我當然立刻藉機說是偏頭痛，很不舒服，請她允許我低調地私下告退。

「就那樣脫身的我，匆匆忙忙趕回自己的旅館。而當我發現自己又是一個人時，空虛、失落的感覺再度襲來。我渴望見到那個今晚將永遠離去的年輕人，渴望有他在身邊，只有他的活力可以壓得住我的焦慮。我在房裡來回踱步，無緣無故地打開了衣櫥，換了件衣服和緞帶，不知不覺走到鏡子前，打量自己的裝扮能否引起他的注目，讓他多看我一眼。剎那之間，我突然明白自己要的是什麼了——做什麼都可以，只要不離開他身邊！在那緊迫的關鍵時刻，想法轉為決心。我跑去找旅館門房，告訴他我當晚就要搭火車離開，接著該做的事變得分秒必爭。我按鈴找來服務人員幫我收拾行李，兩人快手快腳地把衣服雜物全塞進皮箱。我決定給他的一個驚喜，我要先陪他上火車，直到最最後的一秒鐘，已經揮手做最後一次的道別時，出其不意地跳進車廂，和那一時之間詫異不已的年輕人共度那一夜，只要他願意，一夜又一夜……我體內的熱血竄流，迷亂而陶醉。有幾次一邊把衣服扔進皮箱還一邊笑了出來，服務人員因此嚇了一大跳，連我也覺得自己精神抖擻得過頭了。行李員進門來搬我的皮箱，我竟然一時不解地看著他，因為心中滿溢著興奮的熱情，以致於無法顧及實際的事。

「時間緊迫。那時應該差不多七點鐘了，不到二十分鐘火車就要開了……我安慰自己，沒關係的，因為我不是去送行，不是告別，而是下定決心跟他踏上旅程，只要他願意，無論多久多遠。行李員搬走了皮箱，我迅速到旅館櫃檯結帳。正當櫃檯人員找錢給我，我也正準備離開時，一隻手輕輕拍了我的肩膀，我嚇了一跳。是我的小姑，因為我剛才藉口身體不舒服，她是擔心我才過來看看的。我眼前一片黑，我實在拿她沒辦法，每一秒的拖延都意味著無可挽回的耽誤。礙於情面，我卻又不得不得花點時間聽她說幾句話，回答她幾句話。『你得躺一下，』她堅持說：『你一定是發燒了。』她說的倒是真的，因為我感到鼓脹的太陽穴猛跳不已，眼前不時出現黑影，那是快要昏倒的徵兆。我苦撐著，儘管多說一句話都會使我心焦如焚，我還是逼自己做出感謝的模樣，其實我真想一腳踹開這個來得不是時候的關心。但這位心懷好意的不速之客卻不走，不走，就是一直不走。她送了一瓶古龍水給我，還親自為我塗抹太陽穴，而我心裡一秒一秒地計算著一去不回頭的時間，腦子裡想的都是那個年輕人，想著能找什麼藉口擺脫她那折磨人的照顧。我愈是焦慮，在她看來就愈像是生病，到了最後，她幾乎是語氣嚴厲地強迫我回房間躺下。在她苦口婆心的過程中，我突然望了一眼大廳裡的掛鐘——七點二十八分，火車七點三十五分出發。我簡直是自尋死路似地揮開小姑的手，轉身就走，只說：『告辭了，我必須走了。』我毫不在意她驚愣的眼神，頭也不回地，在飯店所有工作人員詫異的目光中，直奔大門，衝到街上，一路跑向火車站。站前守著皮箱的行李員遠遠對我招手，我一看就明白是最後關頭了。我像蒙上眼睛的馬，焦急地衝向通往月臺的柵欄，工作人員卻攔住忘了買票的我。我幾乎對那個攔住我的人動粗，試圖請他無論如何都要讓我通關到月臺去。火車已經開動，我渾身發抖地看著一節又一節車廂的車窗，我在尋找一對目光，至少再看一眼吧，至少能揮手告別吧。但開動後的火車愈行愈快，我再也不可能看到他的臉。沒多久，那一列火車只是我雙眼迷濛中的一團黑煙了。

「不用說，我呆在原地，像個化石。天曉得我站了多久，行李員對我說了好幾次話，最後鼓起勇氣碰了碰我的臂膀，我才驀然驚醒過來。他問我是不是該把行李送回旅館。我需要幾分鐘的時間想清楚，不行，不可能回旅館，我走得那麼荒唐，那麼倉促，我不能回去，我也不要回去——絕不。我對自己的孤單感到不耐煩了，於是請行李員把皮箱送到寄物處。車站大廳裡人來人往，腳步匆忙，擁擠而嘈雜。直到人群稍微散去後，我開始思索，試著清醒地思索出解決方法，以減輕心中糾結的痛苦、憤怒、悔恨與絕望。因為……又有什麼不好承認的？我當時心碎地認為，沒能趕上與他最後一次的相聚是我的錯，自責如同一把刀，正殘忍而凶猛地刺向我的心。我幾乎要哭喊出來，因為那把刀是在火上烤得白熱的鋼刀，迎面而來，無處可躲。或許對不識激情的人而言，一旦例外地爆發出激情時，那一刻便猶如天崩地裂、狂風驟雨，於是，多年囤積不用的精力忽然湧進胸口，充塞心頭。那一刻的意外、憤恨與無力是如此的強烈，是我從前與日後都不曾有過的感受。我已經準備好放肆荒唐，準備好將豐饒的生命累積做孤注一擲，卻在最後關頭……遇到一堵莫名其妙的牆，我的癡情一頭撞上了牆，失去知覺。

「我接下來的舉動只能說是因為失去知覺的緣故，沒別的說法了。我的舉動簡直是失心瘋，甚至是愚蠢的，我幾乎羞愧得難以啟齒。可是，我對自己，也對您承諾過要無所隱瞞。我……我當時試著找他，也就是說我試著找回與他共度的每一刻……所有前一晚曾和他共處的地方都強烈地吸引著我。我要重回拉他起來的那張公園長椅，重回初次遇到他的那間賭廳，甚至那個簡陋的小旅舍，我要重新再活過一次那段時光，讓過去重現一次。我要在隔天搭上馬車，重新走一遍往峭壁的山路，讓說過的每一句話，做過的每一個動作都能在我心中重新活過來——那時真的是昏了頭哪，才會那麼沒有理智，那麼幼稚，那麼失魂落魄！只是，您想像一下，一連串發生在我身上的事，簡直是迅雷不及掩耳，最後那沉重的一擊更是天打雷劈。我除了昏了頭，還能有什麼其他的感覺？一旦我硬撐著從昏迷中醒來，當然想要讓過去復活，想要一寸一寸地拉回追溯的線索。人們可以透過一種魔法而自我蒙蔽地重溫消逝的情感，我們將這種魔法命名為『回憶』。說真的，無論人們懂或不懂這一點，事實就是如此，或許必須保有熾熱的心，才能對此有所體悟。

「於是我先回到賭場，試圖找到那張他曾坐在面前的賭桌，我要在那些賭客的手之間，想像其中有一雙是他的。我清楚記得第一次見到他的那張賭桌是在左邊第二間沙龍，我清楚記得他的神情、他的手勢，一切歷歷在目。我像夢遊的人一樣，閉著眼睛也摸索得到他坐過的位置。我走進賭場，很快就穿過了大廳，當我正要走進那間賭廳時，那個位置……那個我正在回想的座位上……我在門口就已經看見喧鬧的人群中，正坐在那個座位上的人……怪事發生了……簡直像是因為高燒不退而出現的幻覺……是他，是他本人……是他……是他……和我想像中的一模一樣……完全和前一晚的他一模一樣。他的兩眼緊盯著滾珠，臉色蒼白得像鬼……可是他應該……他……確確實實就是他本人啊……。

「我簡直要驚叫出聲，實在太恐怖了。但我力圖鎮靜，無法再看一眼難以理解的景象。我閉上眼睛：『你瘋了……你是在作夢……你是在發燒。』我對自己說：『絕對不可能的，你有幻覺……半個小時前，他就應該已經搭上火車離開這裡了。』我又睜開眼睛，景象卻依然沒變，恐怖啊，他就活生生地坐在那裡，千真萬確……上百隻手中，我認出他的那雙手……不是，我不是在作夢，沒錯，是他。他沒離開，沒遵守誓言，他背叛了在我面前的起誓。命運弄人，他拿著錢，拿著我給他回家的旅費，回到那張賭桌前，而當他在綠桌毯前忘情豪賭時，我卻在車站裡為了他絕望心碎。

「我猛然跳上前去……眼中充滿怒火，視線因兩眼發紅而模糊了起來，我衝動地想掐住那個叛徒的脖子，他那麼卑鄙地欺騙了我的信任、我的情感、我的獻身。但我還是壓抑著，逼自己放慢腳步。（那真是消耗精力！）我走向賭桌，站在他的對面，一位先生有禮地讓座給我。我和他之間隔著兩公尺的綠桌毯，我一如坐在劇院包廂，可以毫不費力地看清他的臉。那張臉在兩個小時前還綻放著感激的神采與蒙受主恩的光芒，眼前卻變回被癡迷狂熱所虜獲的獵物，正抽動著。他的手，我下午見到時，還緊握著極為神聖的祈禱臺，眼前卻再度扭曲變形地抓著錢，一如猥褻的吸血鬼。他贏了，必定是大贏，而且贏了非常大的一筆錢。在他面前閃爍著亂成一堆的籌碼、路易金幣和鈔票，東一堆西一堆，而他的手指就在其中神經質地游移、抽動，正浸淫著、沉溺著、享受著。我看著那些手指又是摺疊又是愛撫地摸著鈔票、撥弄著金幣，忽然，他抓起一大把錢下注，一對鼻翼立刻起起伏伏、忽上忽下地浮動起來。他那閃著貪婪的目光隨著莊荷的報彩，從錢堆移向了滾珠，緊盯著滾珠的彈跳轉動。他彷彿身在湍流的衝擊裡，用手肘抵住綠桌毯來穩住身體。他那著魔的模樣看來比前一晚更令人驚心動魄，因為他的每一個動作在在扼殺了我心中那幅金碧輝煌的聖像，而鑲金的畫框卻是我一時盲目的信仰所奉獻的。

「相隔兩公尺的我們，各自屏氣凝神。我注視著他，他卻沒注意到我的存在。他不抬頭看我，不看任何人；他熱切的眼眸只在錢堆與顛顛倒倒的滾珠上打轉。他所有的心思都被那個綠圈盤據，被糾纏得神魂顛倒。這個世界，所有的人性，都在他眼中融化在那一方鋪展的綠絨毯裡。我很清楚，即使我待在那裡好幾個小時，他也不會絲毫意識到我的存在。

「我忍無可忍了，堅定地繞過賭桌，走到他背後，一把抓住他的肩膀。他那入神的目光轉向我，瞬間……他看了我一眼，沒認出我，玻璃珠般的眼眸呆愣著，像是剛被人用力搖醒的醉鬼，一時之間眼神恍惚，彷彿體內升起一股混沌的灰煙蒙上了眼睛。然後，他似乎認出我來了，雙唇打戰地略略張開，一邊親切地喃喃有詞，一邊洋洋得意地看著我，神情既錯亂又神祕。『果然有效……我一進來看到他在那裡，當場就感覺到……我當場就感覺到……』我不懂他要說的是什麼。我只察覺到他已經賭得如癡如醉，魂不守舍，什麼都忘了，忘了誓言，忘了約定，忘了我，忘了這個世界。然而，在邪魔附身的狀態之中，當他看著我時，眼中一閃而過的光采是那麼的迷人，我情不自禁地跟著他的話應對，頗有興致地問他話中所指的人是誰。

「『那邊，那個俄國老將軍，只有一個手臂的那個。』他緊緊靠著我，對我耳語，不想讓人聽見這魔法般的祕密：『那邊，就是那個人，鬍子都白了的那個人，背後還站著一個侍從。他每賭必贏，我昨天就注意到他了。他實在有一套，所以我現在都跟著他下注……他昨天也是從頭贏到尾……我犯的唯一錯誤是……他走了，我還繼續玩……那是我的錯……他昨天至少贏了兩千法郎……今天也是，每一輪他都贏……我現在就一直跟在他後面下注……現在要……』」

「話沒說完他就打住了，因為莊荷正喉音濃重地發出：『Faites votre jeu!（請下注！）』。他一聽到，目光立刻從我身上被吸走，貪得無饜地轉向那個彷彿發出磁力的位置。那個鬍鬚翻白的俄國人沉穩嚴肅地坐著，先是謹慎拿起一枚金幣，遲疑了一下，又追加一枚，下注在四號。我眼前那雙焦急的手也立刻伸進錢堆，抓起大把金幣投注在同一個號碼。一分鐘之後，莊荷喊出：『空號！』耙竿把檯面上的錢一次掃空，那年輕人目瞪口呆，彷彿見到的是奇蹟——所有的錢竟然一下子都不見了。您或許以為他會轉身面向我，沒有，他根本忘了我。我在他的生命裡消失得無影無蹤。他變本加厲，全神貫注盯著那位俄國將軍，看著他處之泰然地又重新拿起兩枚金幣，還不確定該在哪個號碼上下注。

「我不知該如何對您描述當時的痛苦與失望，但您必定不難想像我的感受。為了一個人付出整個生命，而那個人卻不過是一隻蒼蠅，還得伸手無奈地把牠揮開！於是我滿腔怒火，粗暴地抓住他的手臂，他猛然一驚。

「『現在就站起來！』我低聲對他說，語氣卻是命令：『無情、背信的人，想一想今天您在教堂發的誓！』

「他望著我，被觸動什麼似地，整張臉發白。他忽然像挨揍的狗，露出哀求的眼神，顫抖著雙唇。他彷彿一下子把所有忘記的都想起來了，整個人充滿恐懼。

「『好……好……』他支支吾吾：『喔，天主啊，喔，天主啊……好……我現在就走，求天主寬恕我……』

「他的手開始收拾所有的錢，動作先是迅速有力，不多久就變得拖拖拉拉，像是抵抗某種反作用力。他的視線又落向正在下注的俄國將軍身上。

「『再等一下……』他快速地跟著下注了五枚金幣。『就這一輪……我對您發誓，玩完這一輪就走……最後一輪……最後……』

「他的聲音變得細若游絲。開始轉動的滾珠已經把他整個人都帶走了。眼前這個著魔的人擺脫了我、擺脫了他自己，被那旋轉的小滾珠捲走了，跟著蹦蹦跳跳地滾進了滑溜溜的號碼槽。莊荷再次報彩，再次掃走他的五枚金幣。他輸了。但他沒轉過身來。他忘了我，忘了誓言，也忘了一分鐘前所說的話。那雙貪得無饜的手神經兮兮地又伸進已經萎縮的錢堆，昏醉的眼神完全被對面的俄國人吸住不放，他的意志已經被那個賭運之神給磁化了。

「我的耐性到達底限。我又推他一下，但這一次非常用力。『現在就站起來！現在！……您說過這是最後一輪……』

「出乎意料的事情發生了。他竟突然轉頭看我，那不再是一張順從而無措的臉，而是一張怒目以對、咬牙切齒的面孔，眼睛布滿紅絲，眼神昏醉迷亂。『走開！』他已是一隻怒吼的老虎：『別來煩我！都是你帶給我霉運的。你在，我就一直輸。昨天已經這樣，今天又來了。走開走開！』

「我目瞪口呆，面對他的瘋言瘋語，憤怒跟著爆發出來。

「『我帶給你霉運？』我針鋒相對：『你這個騙子，你這個小偷，你還對我發過誓呢……』我罵不下去了，因為他已經從位子上跳起來把我推開，引起四周一陣騷動，他卻無所謂。『不要煩我，』他肆無忌憚地大吼：『我又不是歸你管的……錢錢錢……這些都是您的錢。』他把幾張百元法郎紙鈔丟向我。『現在可以不要來煩我了吧！』

「他不在乎周遭有上百人在場，大吼大叫，簡直瘋了。大家看著我們，交頭接耳，捕風捉影，不時竊笑，還引來一些隔壁賭廳的人湊熱鬧，想一探究竟。我簡直成了被剝光衣服的人，一絲不掛地站在好奇的眾人面前……莊荷以耙竿敲打賭臺，態度強硬地說：『Silence, Madame, s'il vous plaît!（這位女士，請安靜！）』連一個泛泛之輩都可以那樣對我說話。我感到受辱，顏面盡失。我站在竊竊私語、議論紛紛的群眾面前，和一個被人用錢甩開的妓女沒兩樣。兩、三百隻咄咄逼人的眼睛撕扯我的臉，而且……正當我背過臉去，避開那又羞又辱的場面時，卻瞥見一雙驚訝不已的目光對著我而來，就像一把利刃刺向我……。那是我小姑，正瞠目結舌地看著我，滿臉迷惘，一隻手因驚訝過度而懸在半空中。

「我深受打擊，趁她回過神之前，趁她能動作之前，倉皇跑出賭廳，而且竟然還有力氣衝向那張長椅。那著魔的人前一晚還癱在上頭的長椅，輪到我了，筋疲力竭、深受重創地倒在堅硬無情的木塊上……

「事隔二十五年了，每當我想到自己在上千個陌生人面前飽受凌辱、抬不起頭來的那一刻，我渾身的血液立刻凍結起來。我也重新體悟到，人們口口聲聲指稱的心靈、精神、情操、受難，其實指的是一種薄弱、貧乏、虛張聲勢的東西。人們再怎麼高聲議論，也摧毀不了一個正在承受煎熬的肉體——無論如何，即使在那樣非常的時刻，血液依然在流，脈搏依然跳動，我們沒死，而是生存了下來，並不像遭到雷擊的樹那樣應聲而倒。當時啃食我全身的痛苦並不持久。在我深受打擊地倒在長椅上的那段時間，身體僵硬麻木，沒了呼吸，我反而能預先體會到以死作結的甜美滋味。只是，正如我剛提到的，所有的苦痛只是虛張聲勢的東西，會在生存意志的威力下退卻；存在於血肉裡的生命力，絕對強過存在於精神裡的想死衝動。連我自己都難以理解，在那種生不如死的悲痛中，縱然不知接下來該怎麼做，我竟然還是站起來了。忽然，我想起還寄放在火車站的行李，靈機一動：走，走，走，遠遠地走開，遠離這個受詛咒的賭場，遠離這個地獄。我目不斜視地一路跑到車站，詢問開往巴黎最近一班列車的出發時間。服務人員告訴我十點鐘有一班，我馬上辦妥行李託運手續。十點鐘……距離那段驚心動魄的初遇，正好二十四小時。在那二十四小時之中，所有的變化猶如風暴，摧毀了我荒謬至極的情感，也從此重挫了我的內心世界。但在當時，我腦中只持續不斷迴盪著鏗鏘有力的一個字：走！走！走！太陽穴的脈衝就像木楔一般，一再把這幾個字深深敲進我的腦袋：走！走！走！遠離這個城市，遠離我自己，回到親人的身邊，重新找回往日的生活，找回自己的生命！我在火車上過了一夜。我抵達巴黎，轉往另一個火車站，搭上直達車到了布隆，再從布隆到都弗，從都弗到倫敦，從倫敦到我兒子家……那段整整四十八小時疾駛的旅途中，我只待在車廂裡，不睡覺、不說話、不進食、不思考。隆隆滾動的車輪聲只有一個節奏：走！走！走！在沒有事先告知的狀況下，我來到位於鄉間的兒子家。沒有人等門，我逕自走進屋裡，引起大家一陣騷動，大概是我的眼神背叛了我，說出了什麼祕密吧，他們全都憂心忡忡地看著我。我兒子趕緊上前要給我個吻，要給我溫暖的擁抱，我卻當著他的面後退了一步，因為我想到他將碰觸的唇已經被人玷汙，便覺得難以忍受。我規避所有人的追問，只說要進浴室。那確實是我需要的，我要洗淨身體，不只是因為舟車勞頓，更是因為我的身上似乎還沾染著那個人的激情，那個著魔的人，那個不值得付出的人。之後，我拖著腳步走進臥室，睡了十二或十四個小時，睡得不省人事，像一塊石頭。那種沉睡真是空前絕後，是我這輩子唯一的一次，等到有一天真的必須躺進棺材時，我已經知道就此長眠是什麼滋味了。家人以為我病了，對我悉心照料，但他們的溫情只會使我更傷心難過，他們的尊敬只會使我更自慚形穢。我必須無時無刻地把持自己，免得一下子對著他們哭喊出來，說我如何背叛了他們，忘了他們，差點拋棄了他們，只因為一段突如其來、莫名其妙的癡狂與激情。

「我後來偶然地去了一個沒有人認識我的法國小鎮，因為有個幻想總是糾纏著我，如影隨形。我老是覺得別人第一眼看到我，便能看出我的汙點、我的改變，我的靈魂深處一再受到自己的背叛與齷齪所折磨。有時早晨醒來，躺在床上，害怕得不敢睜開眼睛。回憶不時猛然襲來，讓我猶如回到那一夜的感覺，擔心身旁忽然睡著陌生人，一個半裸的人，我頓時只有一個念頭——如同那個早晨——當場死去。

「總而言之，時間的力量終究是深厚的，不可抗拒的年齡增長會淡化一切的情感。人們一旦覺知死期已近，死神的黑影已經攏上道路，那麼凡事凡物都會變淡，不再那麼刻骨銘心，威脅力也大大削弱了。我漸漸克服內心的恐慌，多年後的某一天，在社交場合遇到奧地利公使的隨從，是一位波蘭年輕人。我問起他的家族狀況，應對之間，他提到某個堂兄十年前在蒙地卡羅自殺了……我聽了連眉頭也沒皺一下。那件事幾乎不再使我受苦了，甚至可以說……何必不敢承認自己的私心呢？……這消息讓我感到舒服多了，因為我一直害怕再遇到他，如今危險已經消失，除了自己的回憶，再也沒有任何證人可以對抗我了。從那一天起，我成了更為祥和沉靜的人。年齡增長這種事，說穿了，就是愈來愈不害怕面對過去。

「現在，您應該已經明白我為何冒昧談起個人的命運了。在您為韓麗特女士辯護時，您慷慨激昂地指出，二十四小時可以完全改變一個女人的一生。我把您的話放在心上，也對您心存感激，因為自從事情發生以來，我第一次感到被證明無罪。於是我心想，或許透過對您的坦白，可以讓我的靈魂獲得自由，得以擺脫縈繞不去的往事。而且，我也許可以在明天回到那裡，進去那個賭場，進到那間與自己命運相遇的賭廳，不再恨他，也不再恨自己。那麼，壓著我靈魂的磐石將會被移開，沉沉墜落在過去，不再浮現。能對您全盤說出的感覺真好。現在的我，輕鬆，寬慰，可說是心情愉快了……非常感謝您。」

說到最後一句話時，她突然起身，我感覺她不會再說下去了。我有點尷尬，想找什麼話說。但她必定覺察到我的感受，很快阻止了我，然後說：

「不需要的，我請求您別說話……我不需要您回應我或對我說什麼話……只需接受我對您的聆聽所表達的謝意，並祝您旅途愉快。」

她站在我面前，對我伸手握別。我不禁看著她的臉，那真是令人動容的臉龐。這位上了年紀的女士看來和藹慈祥，同時又略帶羞怯，或許是澎湃的激情，或許是迷茫的往事，使她的雙頰忽然湧上一抹紅嫣，一直漫向銀髮深處……無論是回憶的不安，或是追溯的羞慚，在我面前的她，其實一直都是一位少女。我感動著，不禁有種強烈的渴望，想表達我對她的敬重。但我的喉嚨緊繃得說不出話來，只好深深向她鞠躬，尊敬地親吻她那猶如枯葉在暮秋微微顫抖的手。

國家圖書館出版品預行編目(CIP)資料

一個陌生女子的來信：褚威格中篇小說選 / 史蒂芬・褚威格（Stefan Zweig）著；藍漢傑譯. -- 初版. -- 臺北市 : 遠流, 2012.12

面； 公分. --（文學館；E0238）

譯自 : Brief einer Unbekannten

ISBN 978-957-32-7109-3（平裝）

882.257　　101022923

文學館 E0238
一個陌生女子的來信
褚威格中篇小說選

作者／史蒂芬・褚威格（Stefan Zweig）
譯者／藍漢傑
副總編輯／周思芸
特約編輯／周宜靜
封面影像提供／JAMEI CHEN
封面影像藝術家／郭英聲
內頁影像／JAMEI CHEN跨界系列——歐洲小徑European path影像圍巾原圖，photo by 郭英聲
封面暨內頁設計／蔡南昇
企劃／王紀友
出版四部總編輯暨總監／曾文娟

發行人／王榮文
出版發行／遠流出版事業股份有限公司
地址／台北市100南昌路2段81號6樓
電話／2392-6899　傳真／2392-6658
郵撥／0189456-1
著作權顧問／蕭雄淋律師
法律顧問／董安丹律師

2012年12月1日 初版一刷
行政院新聞局局版臺業字第1295號
售價新台幣300元（缺頁或破損的書，請寄回更換）

ISBN／978-957-32-7109-3　（平裝）

遠流博識網
http://www.ylib.com　E-mail: ylib@ylib.com